蒼山 螢

後宮の宝石案内人

実業之日本社

実業之日本社文庫

目次

第一章　月光の皇子と泥団子娘

大きな音が響き、皓月《こうげつ》は驚いて振り向いた。

「いたっ」

なにかが腰にぶつかる。見ると掃除道具の塵取《ちりと》りだ。

大きな桶《おけ》がひっくり返って、箒《ほうき》や雑巾などの掃除用具がぶちまけられている。惨状の先にうつ伏せで倒れている女子がいた。編んだ長い髪が草まみれになっている。

彼女の腕をつかんで起こしてやった。

「おい、大丈夫か」

「う、ぐ……」

「怪我《けが》はないか?」

「あ、う、すみません……」

礼を言いながら彼女は顔をあげ、ふふ、と笑った。顔に泥がつき、口の端から血を流している。どんな転び方をしたのだろうか。

「申し訳ござ……石に足を……しまって。掃除……壊れていないといいな……」

「え？　どうした？」

聞き取れないほど声が小さい。なんだ、この女子は。泥やなにかを払う手から、血が出ている。

「そなた、名をなんという」

問いかけたら、女子は突然腕をつかんできた。目がギラギラしている。皓月は思わず腕を引くが、女子の力は強かった。

「なにをする？」

下働きの下女が皇子の腕をつかむなどあってはならないが、いま自分は宦官《かんがん》の服を着ているのだった。

「この……腕輪。素晴らしいお品ですね。こんな近くで見られるなんて。しゅごい……きれい……生きててよかったこれからも生きる……深い緑に白が滑らかに漂う軟玉《なんぎょく》。舐《な》めたい」

「舐めるな。やめてくれ」

鼻息が荒い。この腕輪が欲しいのか？　どうしよう。張り倒して逃げたらいいだろうか。いやでも皇子たるもの、罪なき者に乱暴するのはいけない。

「……軟玉より硬玉《こうぎょく》のほうが、希少価値が高いのですが、硬玉つまり翡翠輝石《ひすいきせき》は賀《が》月森山《げっしんざん》では採掘されません。わたしも書物でしか知らないのですいやぁ見たいなぁ。翡翠輝石と出会えればそれは奇跡。輝石だけに……。生きているうちに会えるといいなぁ見てみたいなぁ、ねぇそう思うでしょう」

ねぇって誰に聞いているんだ。

本当に腕輪を舐めるのではないかと思うほどに顔を近づけて、観察している。二の足を踏んでいると、腕輪に食いついていた女子は晧月を見あげた。長い睫毛《まつげ》に囲まれた黒目がちの大きな目が、じっと見てくる。口から血が一筋流れている。怖い。

「あ、申し遅れました。わたし、晶華《しょうか》といいます。水晶の晶に草かんむりの華と書きまして名前負けしているって言われるのですけれど間違いないですねしかし亡き両親が残してくれた唯一のものですし気に入っていますふふ、はぁ苦しい」

「……息をしろ」

退屈で無価値な皇宮での日々。晶華との出会いは、晧月にとって小さな変化だった。

＊　＊　＊

輝峰国《きほうこく》は陽高《ようこう》の都、皇宮旭楼城《きょくろうじょう》。

後宮にひとりの女子がやってきた。歳《とし》は十六。月夜に窓から宝物殿の中をのぞき、宝石に話しかけているという。

その女子は泥団子娘と呼ばれている。

いや、ちょっと待て待て。

輝峰国皇子である晧月は頭を抱えた。後宮の下働きに変な女子がいると耳にしたのは、夏の終わりの頃だった。

「泥団子とはなんだ」

「……泥でできた団子ですよ。晧月様」

「そんなことは知っている。どうして泥団子娘なんて呼ばれているんだろう？　建《けん》学《がく》はなにか知っているのか？」

「さあ。どうも皇宮に出入りのあった異国の商人が置いていった下女らしいですが。それもあやしいですよね」

どういうことなのだろう。異国の商人？　商人なんて言っていても、ただの人買いかも。誘拐でなければいいが。

「売られてきたのだろうか」

「わたしも最近聞いたので、よくわからないものでして」

皇宮いち切れ者の宦官といわれる建学でも、そこらへんはまだわからないらしい。切れ者でも働いている者の管理はべつだからな。

まずはだ。泥団子と娘という言葉をくっつけていいわけがないと思う。それは娘ではない。もはや泥団子だ。たとえば泥に汚れた娘なのかもしれないが、仮にそうだったとしよう。なぜそんなおかしな人間を後宮で働かせているのだろうか。

「晧月様。そんなことよりももう少し剣術のほうを稽古なさいませ」

「また剣術のことか……俺は弓術のほうが得意なんだからいいんだってば」

「戦地に赴くこともなきにしもあらず……もしそうなったら馬上で震えるだけの皇子であってはなりません」

「なんだよ。自分がちょっと剣術に長《た》けているからって」

建学の小言はいまにはじまったことではない。晧月はため息をつく。

「建学が知らないなら、母上に聞くしかないか」

「胡徳妃《ことくひ》様にですか？」

「だって後宮の女子なのだから」

「紅透宮《こうとうぐう》へお出かけですね？」

「寝る前に少しだけね。手土産を用意してくれ」

たかがひとりの女子のことでわざわざ来て、なんて言われそうだ。建学が知らないとなると、母に聞くしかない。

夕餉《ゆうげ》のあと、晧月は母・胡徳妃の住まいである紅透宮に向かった。

「なぁ建学。今年の南誉《なんよ》地方の茶葉はよくできたというね」

「はい。商人もそう申しておりました」

「俺はまだ飲んでいないけれど、母上が気に入ってくれるといいな」

建学が携える籠にはその茶葉が入っている。手土産片手にご機嫌伺だ。そのついでに泥団子の話を聞きたい。

晩夏の季節は、昼間晴天であれば夜は生暖かい風が吹く。夜風を部屋に入れながら酒を飲んでいた母は、たいへん機嫌がよかった。鼻歌まじりの手酌酒をしている。侍女頭の青鈴《せいりん》にさせないところが母らしい。

「ご機嫌麗しく、母上。本日もお美しい」

「ええ。知っています」

最近、夜伽《よとぎ》でもあったのだろうか。野暮なことは聞かないが。ここ二か月ほど皇帝陛下からお声がかからないと気落ちしていたから。

父上は他の妃嬪《ひひん》を呼んでいるのか、それともただ職務に忙しいだけか。職務に忙しいのは皇帝という立場だから当たり前だろうが、自分だったら忙しいときは女子など呼びたくない。ひとりでいたい。

「なにか嬉《うれ》しいことでもありましたか？」

そう問うと、母は途端に表情を曇らせる。

「あるわけないでしょう。陛下は忙しくて会ってくださらないし、秋花の宴までは特に楽しみもない」

「母上、今度楽師でも呼んで演奏を楽しみながら茶会でもしましょうか？」

「そういうのもいいわよね。気晴らしに」

いくらか明るい表情になった母を見て、皓月は少し安心する。あとで建学に相談しよう。

「皓月。今月は陛下にご挨拶にはいったの？」

「あ、はい。月初めに……」

「なにそれ。もう今月終わるのに？　月に三度はご挨拶をしなさいと言っているのに」

「来儀《らいぎ》が、今月は出征していたから……」

「やだ。兄がいないと参内できない歳でもないでしょう？」

皓月は皇子のなかで一番年下だ。優秀な兄皇子がいるので、自分からなにか意見をしたりすることがない。進んで父である皇帝に会いに行くこともしない。二つ年上の兄皇子である来儀が誘ってくれなければ、自分の寝宮から出ない。自分の寝宮から皇帝の住まいまで、すごく遠い。行くのが面倒だなと思うこともしばしばだ。

自分に会っても、父上は嬉しくないだろう。来儀よりも劣っている出来損ないの皇子なわけだし。口に出したら母が烈火のごとく怒るので、黙っている。

「来儀様が出征していようが腰痛で寝込んでいようが、あなたに関係ないわ」

「兄上が腰痛で寝込むなんて縁起でもないこと言わないでよ」

「物のたとえです。自分で考えて行動しなさい。なんでもかんでも兄の金魚のフンになっていてはだめ」

「そうですが、俺は……」

「皓月、あなたは皇子なのよ？」

言い返せない。自分もだが、来儀だって皇子だ。

うつむいてしまった皓月の頭を、母は優しく撫でてくれた。

「兄を慕う気持ちは大切ね。けれどきちんと自分の足で立つのよ。母もいつまで生きられるかわからないのだから」

「母上……」

「まあ、私は長生きするつもりですけれどね」

母はそう言って、杯を空けた。

皓月が酌をしてやると、嬉しそうに目を細めた。

母は皓月が持参した茶葉を喜んでくれ、侍女に渡して眠る前に出すように言いつけている。少女のようにキラキラと光をまとわせている。味も気に入ってくれるといいが。母の嬉しそうな顔を見ると、自分も心が解《ほぐ》れてくる。

皓月は酒の肴《さかな》が並んだ膳を挟み、母の向かいに座った。

「あなたもどう？　皓月」

母が杯をこちらへよこす。しかし、皓月は酒を飲みに来たわけではなかった。

「母上。うかがいたいことがあるのですが」

「なにかしら？」

「後宮の女子のことです」

「ふうん？」

母は目を細める。あら。気になる子でもいるのかしら、とでも言いたそうだ。自分の息子が皇帝のためにある後宮の女子に興味を示すのは、喜ばしいことではないのだが。注意されるかと思ったがなにも言わない。

「で？　聞きたいのはどんな女子のこと？」

「母上は泥団子娘をご存じですか？」

晧月の問いにぽかんとしたまま数秒停止していた母は、思い出したように口を開く。

「……下働きのことかしらね。後宮の侍女ではないわ。黄《おう》老師について宝物殿の掃除などをしているようだけれど、詳しくは知らないわ」

なるほど。徳妃管理の——実際は黄老師という元太監が管理している——宝物殿の掃除係というわけなのだな。

変な女子がいたとしても、母は別段気にも留めていないようだった。

「そうですか……母上ならばご存じかと」

「そんなことで悩んでいたの？　晧月ったら、また鼻血が出るわよ」

母に言われて自分の鼻を触ってみる。血は出ていなかった。

「たまには変な者がいてもいいではないの。変化がなければ死んでいるも同然。泥水をすすってきたくそ退屈な日々ですもの」

「母上、言葉遣いがよくありません」

「晧月。くそ退屈な毎日でも、あなたの顔面はいつも美しいわ。美しく産んであげられてよかった」

続く言葉はもう五十億回くらいは聞いているから言わなくてもわかる。猿顔の陛下に似なくてよかった、だ。母がその猿顔を慕っていることはわかっている。

母は「輝峰の薔薇《ばら》」と称される花のかんばせに微笑《ほほえ》みを浮かべている。我が母親ながら眩《まばゆ》いばかりの美女だと思うが、厳しい後宮で立ち回ってきたせいか口が悪い。

「私が輝峰の花ならば、あなたは月光の皇子よ」

白く滑らかな指で晧月の鼻を突《つつ》いた母は、誇らしげだ。

月光の皇子か。ならば来儀は陽光の皇子だ。

なんとなく予想はしていたが、母からはあまり有益な情報が得られなかった。おおらかな性格だから、あまり気にしていないのだろう。酔っているから、あまり長居をしても途中で寝てしまうだろう。晧月は建学とともに紅透宮《こうとうぐう》を出た。

「ねぇ、建学、退屈しのぎとはいえ、国の重要な宝物を管理する宝物殿に泥団子を置いたままにするなんて。母上ったらあんな風に言っているけれど、なにかあったらどうするのだろう」

「そんなにお気になさらずともいいではないですか、皓月様……」

「まがりなりにも皇子の自分が、父上に奏上して追っ払ったらいいのだろうか」

建学がなにか言っているが皓月の耳に入らない。

「……いや。罪を犯したわけでもないのに追い払うなんてできない。なにも知らないのに噂《うわさ》だけで人を判断してはならない。皇子たるものそのようなことではいけない。なにか理由があるはずだろう。よく調べもせず話も聞かず、憶測だけで勝手に判断してはいけない」

その女子にはなにか事情があるに違いない。

「皓月様！　鼻血が……」

「ふお」

建学が慌てて懐から手巾を出して寄越す。

気になって仕方がない。もともと問題を解決させないままうやむやにするのが嫌いな性格だ。

「よし！　建学、聞き込みをしよう。手伝ってくれ」

「き、聞き込み？　晧月様？」

「なんだか久々に興奮してきた。泥団子娘に関する情報収集をしていきたい」

そう言うと、建学は眉間に皺《しわ》を寄せた。

「……殿下。なにか拾い食いでもしましたか？」

「建学。そんな言い方はないだろう。いくら幼少の頃から俺を知っているからといって」

「勉学に熱中しすぎて尿意を我慢し、おもらしをした回数も言えます」

「お前の記憶を消す薬がなかったか」

「晧月様が女子に興味を持つなんて、季節外れの雪でも降るのでしょうか」

建学は切れ長の目をもっと細めて、面白くなさそうに晧月を見ている。手伝いを断られるだろうか。

「違う。建学はなんかちょっとべつの方向に考えているだろう。違うんだ、そういうんじゃない」

「そういうのとはどういうことですか？　この建学がわからないとでも？　気づかないとお思いですか？　晧月様がそんなに女の尻を追いかけまわすような方だとは

思っておりませんでした」

「なに言ってんだよ。もう、後半よくわからないし、建学しつこい……」

「そうはおっしゃいますがね、皓月様……！」

じっとりとねめつけてやると、建学は皓月の顔を真似《まね》た。可笑《おか》しくて顔を背ける。

負けた。肩を揺すって笑いを我慢していると、建学はため息をついている。

「……仰せのままに。建学は皓月様が納得ゆくまでお供するのみですから」

嬉しくて振り向くと、仕方なさそうに微笑む建学がいる。

「だから建学のこと大好きだよ。では、服を用意してくれ」

こちらの思惑を理解してくれる建学は、なにも言わずに着替えを手伝ってくれた。

建学が用意した黒色の宦官服をまとい、顔を隠すために眼鏡をかけ、皓月は部屋を出た。向かう先は後宮にある宝物殿だ。

輝峰国旭楼城は広大な敷地を有する宮殿だ。

大きく東西南北に分けられおり、正殿である和陽殿《わようでん》を中心に政《まつりごと》や公式な行事や式典を執り行う各殿、皇帝の住まいや執務の部屋、軍事部棟などが東西に位置し内城と呼ばれ、皇太子以下皇子たちの住まい、側近宦官たちの住まいや鉱物鑑定機関、薬事機関、宝物殿などが南北に位置し外城と呼ばれる。そして外城の、四尺の槍《やり》を突きあげても届かないほど高い壁に囲まれた通路を行くと、二千の女子たちが暮らす後宮がある。

母の住む紅透宮、皇宮の図書宮、歴史書物資料宮が晧月の主な行動範囲だ。自分でも狭いなと思うが、別段不自由はしていない。

広大な皇宮敷地の南に位置する後宮は、季節ごとの花が咲き誇る庭園を中心に、妃嬪たちが暮らす宮殿が東西にそれぞれ五つずつある。母の胡徳妃が住むのは西にある紅透宮。西にはほかに蘭水宮《らんすいぐう》、桜道宮《おうどう》、福梅宮《ふくばい》、蓮寿宮《れんじゅ》。東には銀高宮《ぎんこう》、白明宮《はくめい》、青光宮《せいこう》、緑和宮《りょくわ》、藍寿宮《あいじゅ》がある。どこにどんな妃嬪がいるのか、皇子がどこに何人いるのか、大体は把握している。出入りがあったり死亡したりすれば当然変わる。もしかしたら、誰にも知られずに暮らす皇子や公主もいるかもしれない。そう思えるほどに敷地も広い。

歩いているとポロポロと楽器の音色が聞こえてきた。音がちょっとずれている。

「母上の月琴《げっきん》だね」

「さようでございますね」

「あ、間違えた。……また音を外した」

笑うと、建学も袖で口元を隠して肩を揺らしている。

「母上はいつまでも少女のような人だ。可愛《かわい》らしくて……なんて、息子だから思うのかもしれないね」

「皓月様のいうとおりです。私が言うのもおこがましいですが、可愛らしいお方です」

　母である胡桜琳《おうりん》は賀月森山麓の小さな村の出身だ。村一番の美少女だった。と、母がよくいうのでそういうことにしておく。隔年で行われる後宮女選抜試験に十五歳のときに合格し、後宮入りした。すぐに輝く美貌で現皇帝に見初められた。これも母の話。見事な歌声、あまりうまくない月琴も愛敬があったとか。そして、ほどなくして皓月を産んだ。

　皓月は今年十八歳になった。皇子として生まれたものの、跡目争いとは無関係でいたいのが本心だ。兄の来儀が文武両道で頭脳明晰《めいせき》なので皓月の出る幕などない。

「皓月様は公主だったらよかったのにな。政に美しい顔はいらないんじゃないか」

「母親はあのように奔放で明るくおおらかなのに、息子は顔だけ美しくて、根暗だし、いるのだかいないのだか、気配がない」

「兄たち二人とも陛下に似て逞しい男子なのに」

　噂話は身構える間もなく耳に入る。いやだなと思っても仕方がないのだ。だからこそ、穏やかに暮らしたいと願う。血の繋《つな》がった者同士で争いたくはない。現に皇太子と第二皇子はそのせいで死んだ。

後宮への門を目指しているときだった。前から側近を伴ったすらりと背が高い青年が歩いてきた。皓月に気づき、笑顔で手を挙げる。皓月も彼に駆け寄った。

徐賢妃《じょけんひ》の息子で皓月の兄、第三皇子の来儀だ。

「兄上！　賢妃様の宮からのお帰りですか？」

「ああ。……なんだ、皓月。お前ったらまた変装遊びか？」

来儀は宦官の恰好《かっこう》をしている皓月を見て、心配そうにしている。

「兄上。そんな顔をしないでくださいよ」

「なにが目的なのか深く聞かないが、お前が危険な目にあわないか心配になるよ。意外に無鉄砲なところがあるからね、皓月は」

「……遊んでいるように見えますか？」

「当たり前だろう。お前が変装して後宮をうろうろしていることは一部の者だけが知っている。ただの遊びと思えばそれまでだが、よく思わない者がいるかもしれないぞ。後ろめたいことをしていれば、探られたくないからな」

「誰がなにかを企《たくら》んでいようと、俺は関係ないのだけれど……」

「もう。皓月のそういうところが見ていられない。心配でたまらん。いいか、もしもなにかあったら……敵から目を離すんじゃないよ。前から言ってるから覚えているな？」

来儀は苦笑して、皓月の額を小突いた。

「服装を変えて眼鏡で顔を隠しているのに、兄上は遠くからよく俺だとわかりますね」

「かわいい弟だ。わかるさ」

来儀は眼光鋭く精悍《せいかん》な顔立ちで、徐賢妃にはあまり似てないように思う。強いて言えば目元が似てなくもないか。父上は猿顔だし。あの男女の血が混ざるとこんな顔になるのか。まぁ、似ていない親子など世にたくさんいる。すらりとした細身で皓月より頭ひとつ背が高く、手足も長い。その長い手足を生かした剣術は皇帝や皇子、さらに中央軍精鋭部隊の中で一番だと言われるほどだ。

母に言えば叱られるかもしれないが、来儀は皓月の憧れでもある。

皇太子と第二皇子が生きていた頃でも、皇子の中で一番というほどに剣術に優れていた。特に接近戦が得意で、ひらひらと舞うように相手を翻弄する。翻弄されているあいだに斬られているのだ。剣術だけでなく座学も優秀にこなし、詩賦にも長けていた。幼い頃から、死んだ兄皇子たちよりも優秀だった。

皓月は書画や詩賦は好きだ。弓術は得意なのだが、剣術はどうも苦手だ。稽古に励んだところで来儀に敵《かな》わない。父上は「先帝が弓使いだったから、それに似たのだな」と言ってくれた。それだけが慰めだった。

立太子に来儀を推す声があった。それほどに優秀な皇子なのだ。亡くなった皇太子に不満は持たなかったが、もし……と思ったことは何度もある。皓月から言ったことはないけれど、人の口に戸は立てられないし、きっと来儀自身の耳にも入っているに違いない。

「なにかあったら呼びなさい。今日はこれから外朝で父上の補佐をし、夕方には寝宮へ戻るから」

「ありがとうございます。兄上」

「あ、そうだ皓月。明後日、都に出かけないか？　忙しいだろうか？」

「明後日は特別には……陽高へなにをしに？」

「もうすぐ母上の誕生日だから、贈り物を見に行きたい。あとは、武器職人のところへ立ち寄る。新作の刀があるらしいから見たいんだ」

「中央軍の武器ですか？」

来儀は輝峰国中央軍精鋭部隊である焔江《えんこう》軍を率いる武人だ。政にはあまり関わらないが、賊の討伐や反乱の鎮圧などで功績をあげている。

「兄上自ら都に焔江軍の武器を見にいくのですか」

「自分で見て触ってみないと落ち着かなくて。納得もできないし」

来儀はまるでそこに刀があるかのように、晧月を敵に見立てて下から切り上げる真似をした。

「あとは、ふたりでうまいものを食べてこよう」

「……兄上、芝居小屋に行きたいのかな？」

「もしかして、わかった？」

晧月は察した。去年の春、一緒に陽高へ行ったときに芝居小屋へ立ち寄ったのだ。中央軍にいた者が怪我で退役し、その後役者になったとか。

「芝居よりも、芝居小屋で出された筍入りの肉饅頭《まんじゅう》をいたく気に入っていたもんね」

「晧月も美味《おい》しいって言っていたじゃないか。あそこ点心もいいだろう？　行こうよ。たまには息抜きをしてこよう」

御用達の店でもないかぎり、皇宮に料理は入れられない。毒でも盛られたら大事だから。来儀は余程あの肉饅頭が食べたいらしい。

「わかりました。行きましょう。兄上と出かけるなら、俺はどこでも」

「よし、決まり。じゃあ、明後日朝餉のあと迎えにゆくから」

来儀は嬉しそうだった。兄も息抜きをしたいのだろう。これだけで自分が誰かの役に立っていると思える。

来儀は建学にも挨拶をし、その場を去っていった。

夏から秋へと移りゆく花々を眺めながら、後宮庭園の遊歩道をゆく。前方から女官が数人こちらへ歩いてきたので、顔を下に向けた。

「ねぇ建学、知ってた？　ちょっと顎を出すんだよ。眼鏡をかけたうえでこうすれば人相も変わる」

「なにをなさっているのです晧月様……お顔が台なし」

「そんなのいいんだよ。皇子の服ではないし、建学の同僚かなにかと思われればいいんだ。いいからほら、得意のあれでやり過ごそうよ」

「得意って、晧月様」

「いいから早く。ほら来たよ」

建学は後宮の女子たちに人気があるので、甘い笑みを振りまいてくれれば切り抜けられる。建学はため息をつきながら、すっと表情を変えて背筋を伸ばす。

「やあ、皆さん。ごきげんよう」

　皓月も見とれるような極上の微笑みを浮かべて、建学は女子たちのそばへ寄る。

悲鳴のような声があがっている。

「建学様だわ。……ごきげんよう！」

「よいお天気ですね！　建学様」

「ええ。けれど薄着ばかりしていては風邪をひきますから。どうぞ皆さんもご自愛
ください」

「うふふ。建学様ったら、お優しい」

「後宮の花々を愛でるのも私の仕事ですから。では」

　キャッキャとした声が遠ざかっていくのを待ち、皓月は顔をあげて顎を引っ込め、
歩みを速めた。

「皇宮の花々を愛でるのも建学の仕事なの？　なにするわけ？」

「雑草を抜くのです」

「……わからない」

「皓月様に雑草は見えなくていいのです」

建学の言っていることがよく理解できなかった。

そうこうしているうちに宝物殿の前までやってきた。

輝峰国には「月から落ちた五点のしずくからできた」との伝説を持つ山、賀月森山がある。五点のしずくと言われるとおり、五つの山が合体したような形状のこの山は、古代より国の繁栄と滅亡を見守ってきた。賀月森山からは様々な鉱物が採掘される。

皓月は自分の腕にはめてある翡翠の腕輪に触れた。これは父から贈られたものだ。もちろん死んだ兄皇子たちも持っていたし、来儀も持っている。来儀は黒曜石だったはずだ。

とにかく、習わしが現在も続いており、管理は皇后に任されている。皇后の縁戚が妃嬪にいる場合は管理補佐を行う。しかし皇后が不在のいま、皇帝が任命した者が任される。現在は徳妃。皓月の母だ。

ガシャガシャンという盛大な音がしたので、皓月は驚いて振り向いた。その瞬間、腰になにかがぶち当たる。

「いたっ」

よく見たら塵取りだ。建学が駆け寄ってこようとしていたが、大丈夫だと合図をする。

大きな桶がひっくり返って、箒や雑巾などの掃除用具がぶちまけられている。近くに井戸があるので、そこへ持って行こうとしたのかもしれない。惨状の先にうつ伏せで倒れ動かない人間がいた。編んだ長い髪が草まみれになっている。服装からして下働きの女子である。

「おい、大丈夫か」

「う、ぐ……」

彼女の腕をつかんで起こしてやる。

「怪我はないか？」

「あ、う、すみません……」

礼を言いながら彼女は顔をあげた。口の端から血を流し、頬に泥がついている。どんな転び方をしたのだろうか。へへへと笑いながらこちらを見るが、目つきが悪い。不気味だ。

「申し訳ござ……石に足を……しまって。掃除……壊れていないといいな……」

「え？　どうした？」

耳をそばだてないと聞き取れないほど声が小さい。なんだ、この女子は。泥やなにかを払う手から、血が出ている。

「怪我をしているじゃないか」

「あ。平気です。ふふ。食事を抜かれたり……馬に蹴られたり泥水を飲まされたりしたことにくらべればこんなの……」

「……泥？」

もしかして、と晧月は思う。流血しながら笑うこの女子が泥団子なのではないだろうか。俄然《がぜん》興味が湧いてくる。

「そなた、名をなんという」

問いかけたら、女子は突然腕をつかんできた。目がギラギラしている。なんだ、こいつは。

「なにをする？」

下働きの下女が皇子の腕をつかむなどあってはならないが、いま自分は宦官の服を着ているのだった。またもや建学が怒りの形相だ。いまにもこの女子を呪い殺してしまいそうだったが、なんとか制した。

「この……腕輪。素晴らしいお品ですね。こんな近くで見られるなんて。まだ宝物殿の管理品は見せて貰《もら》えないもので。黄老師には五百年早いんじゃ汚い手で触ったらいかんと。しゅごい……きれい……生きててよかったこれからも生きる……深い緑に白が滑らかに漂う軟玉。舐めたい」

「舐めるな。やめてくれ」

鼻息が荒い。どうしよう。張り倒して逃げたらいいだろうか。いやでも皇子たるもの、罪なき者に乱暴するのはいけない。

「……軟玉より硬玉のほうが、希少価値が高いのですが、硬玉つまり翡翠輝石は賀月森山では採掘されません。わたしも書物でしか知らないのですいやぁ見たいなぁ。翡翠輝石と出会えればそれは奇跡。輝石だけに……生きているうちに会えるといいなぁ見てみたいなぁ、ねぇそう思うでしょう」

ねぇって誰に聞いているんだ。先ほどは蚊の鳴くような声だったのに、きちんと話せるではないか。それに、腕をつかんでくる力が強い。小柄で細い体のどこにそんな力があるのだろう。本当にどうしたらいいのだろうか。適当にあしらってこの場を離れようか。本当に腕輪を舐めるのではないかと思うほどに顔を近づけて、観察している。二の足を踏んでいると、腕輪を見ていた顔が皓月を見あげた。長い睫毛に囲まれた黒目がちの大きな目がじっと見てくる。目が怖い。口から血が一筋流れている。

「……このような腕輪をされている。輝峰では、翡翠は幸運や支配力を授け、魔除《まよ》けの意味もあります。歴史のうえで王の象徴といわれたこともありました。あなた様はもしや……皇子殿下なのでは」

この女子、腕輪だけで皇子と見抜いた。袖に隠れていたはずなのに、目ざとく腕輪を見つけて。気持ちが悪いが、宝石の知識がある者なのかもしれない。

「……あたりだ」

「なぜそのような恰好をなさっておられるのでしょう?」

「い、いろいろあるのだ。皇子だから……言えないこともあるのだ。許しも得ずに問いかけるなど無礼だ」

晧月はなぜか変装していることが恥ずかしくなった。穴があったら入りたい。

「申し訳ございません。宝石を見ると他のことが目に入らなくなってしまうので……罰してくださいませ」

「いや、そんなことはしない」

「お、お優しい……!」

「それじゃ、ひとつだけ質問させてくれ。そなたはその、泥団子娘というのを知っているか?」

問いかけると女子は、なぜか恥ずかしそうに頬を赤らめる。

「それはわたしのことですね。ふふ。泥団子娘という渾名《あだな》をつけられてしまいました」

どうして照れているのだろう。それとも照れではなく羞恥か？　渾名の理由が恥ずかしいのだろうか。なぜか皓月まで釣られて顔が赤くなってしまう。

「……なぜそのような渾名をつけられた？」

皓月が聞くと、もじもじとしながら女子は話しだす。

「皇宮の門へ辿《たど》り着き、下働きをお願いしたときに何度も追い返されたのですが、しつこ過ぎたのか武官様に泥団子を投げつけられちゃいました。そこから泥団子と呼ばれるようになりまして」

「なんだって？　酷《ひど》いことをする。不名誉な名をつけられて嫌だろう。そなたも抗議すればいいのに」

「怒る気持ちはありません。だって、特別じゃないですか。自分の名以外の呼び名をつけていただけるなんて。ふふふ」

その世界観はなんなのだ。嬉しがっているようにしか見えない。発想の転換だろうか……逆境を乗り越えてきたのだろう。見た目よりも気持ちの強さを感じる。

なんだろう。この女子とても興味深い。

「いいんです。どうせみんな忘れます」

へらへらと笑っていた女子の目に、急に暗い影がにじむ。一気に不憫《ふびん》で薄幸に見えてきた。どんな辛《つら》い経験をしてきたのか。どうして笑っていられるのだろう。

「忘れるとはなんだ？　どういう意味だ？」

「へんな名をつけたことも、わたしになにをしたのかも、どうせみんな忘れるでしょう？」

こんな思考になるのはよほどのことがあったのだろうか。共感はできないが、不憫でならない。

この女子、おおかた身寄りもなく、行き倒れ寸前で辿り着いたのが後宮なのかもしれない。そういう話は耳にしたことがある。皇帝が情に厚いので、戦で親を亡くした孤児なんかをほいほい下働きに入れてしまったりする。人買いに連れて行かれるよりは、皇宮で働いて給金を溜《た》め、出ていって独り立ちすればいいという考えらしい。

この女子は自分で来たという。ということは、売り飛ばされたわけではないのか。親もおらず、親戚に頼っても厄介者としか見られなかったとか。

皓月は勝手に想像した。考えれば考えるほどに胸が苦しくなる。皓月が言葉に詰まっていると、女子は苦笑する。

「わたしは身寄りがなく、親戚のところにもいられなかったので」

「……想像どおりか」

「でもいまは、こちらで働けて嬉しいです。黄老師は怖いですけれど」

「ここへ来てどれぐらいが経《た》つ？」

「ひと月になりました。言われたとおりに仕事をすれば、給金も貰えますし、服も支給されます。風呂にも入れます。お布団で眠れるし、何日も食べられないなんてこともありません。庭園の掃除でも池の泥さらいでもなんでもします。綺麗になった景色を皆さんが楽しんでくれるのも嬉しいですし」

女子は宝物殿前にある小さな丸い池を指さす。

「後宮庭園の池も掃除するのか？」

「いえ。まだそちらはやったことがありませんが」

「あそこは大きいからひとりでは無理だし、落ちたら大変だ。危険だからやらせないように言っておく」

「なんとお優しいのでしょう……はっ‼　恩に報いるために言いつけられれば後宮

庭園の池掃除をいたします。泳げませんが」

「すんなっつってるんだが」

「申し訳ございませんっ」

この女子、着るものにも食べるにも困っていたということか。どうしてそんな生活をしていたのだろう。どうやってここへ来たのだ。どうして泥を投げられてもめげずにいられるのだろう。

どうして、どうしてと、疑問ばかりが皓月の頭に浮かんでくる。これは解き明かしていかねば、きっと気になって夜も眠れない。

「ここで頑張りたいのです。わたしには夢があるんです」

「夢？　それはなんだ」

「聞いてくだるのですか？」

「言ってみろ」

「わたし、宝物殿で働くのが夢なんです。……あ～！　言ってしまいました！」

言いながら女子は散らばった掃除用具を桶に入れている。口の端から血が出たままなのだが。痛くないのだろうか。

「ちょっとこっちを向け」

「はい？」

「血が出ている。口を拭きなさい」

指で血を拭ってやる。

「あとで顔を洗うといい。……どうした？」

女子は放心したようにぼーっと皓月を見ている。

「はっ……い、いいえ……」

泥団子というからどんな女子かと思ったが、ごく普通の娘だ。少々地味か。まず、前髪はもっと短くしたほうがいい。後宮の女子たちは皆、額を見せるように髪を結っているのに、なぜこの女子は目が隠れるほど垂らしているのだろう。そのせいで暗い印象を受けるのは損だろう。

皓月は宝物殿を眺める。宝物殿で働けるようにしてやるのはさほど難しくはないのかもしれない。母に聞いてみようか。

「夢、か。随分と目を輝かせて言うのだな」

「殿下だって夢がありますでしょう？」

自分の夢はなんだろう。皓月はふと考える。政に関わりたくはない。かといって、なにか特別な才能があるわけでもない。勉学は好きだが、戦は嫌いだ。一番の仲のよい兄の来儀は剣術に長け、焔江軍を率いて賊の討伐など何度か勝鬨《かちどき》をあげているというのに。

「俺は自分に価値があると思えないから、夢など持たない」

ぽかんとした表情で女子は晧月を見ている。

どうして初対面の女子にこんなことを言ってしまったのだろう。無意識に人と比べてしまい自分に自信がなくなるなんて、情けない。晧月はため息をついてしまった。

「……女子。忘れたか？　俺はさっき名を聞いたのだが」

「あ、申し遅れました。わたし、晶華と申します」

恭しく拱手《きょうしゅ》をする姿は、特別無礼ではなかった。会話も成り立つし、言葉遣いが悪いわけではない。それに先ほど、書物で知識を得たということを言っていた。ということは、識字教育を受けている。

「ショウカ」

「水晶の晶に草かんむりの華と書きまして名前負けしているって言われるのですけれど間違いないですねしかし亡き両親が残してくれた唯一のものですし気に入っていますふふふ、はぁ苦しい」

「……息をしろ」

晶華は真っ赤な顔で呼吸を整えた。面白い女子だなぁ。

「俺は晧月という」

「……皇子殿下」

嚙《か》みしめるように名を確認しているが、目線が晧月の腕に注がれている。腕輪のことを見ているのだ。

「皇子と呼ぶと、この皇宮ではふたりのことを指すぞ。俺のことは晧月と呼べ」

「は……こうげつ、様。はぁ、緊張します。晧月様かぁ……死んだ爺《じい》様が喜びます。皇子殿下とこうしてお話をしたなんて……あ、わたしのことは泥団子とお呼びくださいませ」

「なにを言っている？　きちんと名で呼んでやる」

「えっ、そんな。うう、畏れ多いのですけれど……」

「晶華。美しい名じゃないか」

晧月が笑いかけると、晶華が白目をむいている。

「……大丈夫か」

「名前負けしていると思っていましたが、いまはじめて自分の名が光り輝きました。

高貴な方に呼んでもらえてもう思い残すことなどありません……悪くない人生でした……明日死ぬかもしれないいや生きる」

大袈裟《おおげさ》なことをいう。でも、喜んでいるならばいいか。嬉しそうな顔を見ると、なんだかこちらも心が温かくなる。

晶華。面白い女子だ。覚えておこう。

「では、晶華。あとで傷の手当てをしてもらえ。侍医を手配しておく」

建学に目配せをすると「お前なに言ってんだ」とでも反論したそうだった。しかし、とおりがかりの侍女を手招きし、言いつけたようだった。

「晧月様。助けていただいてありがとうございました」

「ああ。もう転ばないように」

「はい」

礼をする晶華を残し、晧月は歩き出した。後ろで足音が遠ざかったので、晧月は振り返る。桶を持ってよたよたと戻っていく晶華の背中を見送った。

泥団子娘の正体はわかった。どうしてそんな不名誉な名がついたのかも判明した。今度どこかで耳にしたら、呼ぶのを禁じてやろうと思う。

「建学、戻るぞ」

「承知しました」

皓月が歩き出したとき、後ろでガシャンと音がして、宝物殿から黄老師の怒号が聞こえてきた。建学も気づいたようで、顔を見合わせてふたりで苦笑した。

もう転ばないようにと言ったのに。

晶華というあの女子、ちゃんと後宮で生きていけるのだろうか。

面白い人間と出会った。皓月は、心配ごとがひとつ増えたような、楽しいような、なんともいえない気持ちでその場をあとにした。

＊　＊　＊

建学はため息をついた。

「なんでそんなため息をつくのさ、建学」

皓月は自室で調べものをしており、建学はそばに仕えていた。このあと出かける予定があった。

「ため息も出ます。皓月様、女子に興味があるのは喜ばしいことです。皓月様は十六歳で迎えた妃を、一年で実家に帰してしまいました。家柄も美貌も兼ね備えたお方でしたのに」

「俺はなにもしていないよ。たしかにいい娘だった。ただ、あっちが、殿下といられません！　と怒って実家に帰ったのだ」

「皓月様はなにもしていなさ過ぎたのです。妃に興味を示さずに放置するからです。あの時、私は持病の腰痛が再発して大変でございました」

　皓月は今年十八歳になるというのにほかに側室を迎えるでもなく、興味は書物のことばかり。勤勉な皇帝陛下に似たのだろうが、胡徳妃のあの好奇心旺盛で天真爛漫《てんしんらんまん》なところももう少し似てもよかったのに。剣術も、筋はいいのに得意ではないといって励まない。どちらかというと弓術のほうが性に合っているらしい。顔面はあのように非常に麗しい皇子であるのに。兄の来儀も美形だけれど、皓月の足元にも及ばない。

「もっとこう、ご自分の見た目に気を使い、女子の気を引くような感じで……」

「女子の気なんか引きたくないよ。どうでもいい」

「皓月様。お言葉ですが、皓月様の前ではその辺の自称美しいと思っている人間どもがごみです。皓月様がその気になれば、ちょっと流し目をしただけであちこちから女子が押し寄せるはず」

「そんなに来たら大変だ。しかも後宮の女子は父上のものだもん。俺には無関係だ」

女子が無関係だなんて。謙虚なんだか嗜好《しこう》が歪《ゆが》んでいるのかわからない。

「おこがましいですが、この建学。女子が喜ぶような会話や視線の送り方など、例としてご覧にいれているはずです。皓月様は真似してくださらない。悲しい」

泣き真似をしたら、皓月の心配そうな声が聞こえてきた。

「泣くなよ、建学。このあいだ兄上と都にいったときに買った胡桃《くるみ》入りの点心があるぞ。あげるから機嫌直してくれよ」

建学はまた盛大にため息をつく。胡桃入りの点心はもらって食べた。美味しかった。

「女子に興味を持つのは喜ばしいですが、皓月様がご興味を持たれたのは下働きの女子です」

「下働きだろうが貴族だろうが関係ないって。興味っていうか、うーん。友人かな」

めまいがする。どこの馬の骨かわからない者ではないか。骨どころか泥団子娘だぞ。そんな渾名をつけられるなんて、ろくな女子ではないのだ。

実は名家の出自でした、なんてことはないだろうか。いや、だとしてもなんだか違う。

建学は、口から血を流しながら不気味に笑う晶華とかいう地味な女子のことを思い出す。完全に名前負けをしている。

皓月様をお守りするのが私の生涯の任務だ。皓月様の女子の趣味がいいか悪いかはべつとして、間違いでも起きたら大変だ。

建学は眉間を指で揉《も》んだ。自慢の顔に皺が増えてしまう。

「なにを唸《うな》っている。建学、行くぞ」

ああ。この気持ちを知ってか知らずか、皓月は毎日のように宝物殿へと足を運ぶようになってしまった。皇子が下働きに菓子を持って行くなどと。めまいがする。

「今日は黄老師が外出らしいから、庭園で茶を飲みたいな」

「……殿下が茶を飲まれるのに、黄老師の予定は無関係なのでは……」

「晶華と話をする約束をしたからな」

再びめまいがする。建学はよろめいて庭園の木にもたれかかった。

「どうした建学。体の具合でも悪いのか？　だったらべつの者につき添いを頼むからいいぞ。無理しなくても」

「いえ……大丈夫です。私以外の者がいったらおかしな噂が広まるので……」

胡徳妃に相談しようか。しかし、あの方は「どうでもいいじゃない？　お菓子食べましょ」とか言いそうだ。

「なんだ」

「殿下。僭越《せんえつ》ながら、幼い頃よりおそばに仕える身として申しあげます」

「もはや宦官の服を着ていても皆が気づいています。皇子殿下が下働きと談笑していると噂が立っているのです。皇帝陛下の耳に入ったら、困るのは殿下ですよ？」

「なぜ？　父上が気にすることかな。なにも困らないよ。晶華の仕事ぶりを見て、たまに話をしているだけだ」

「だから……女子にそう簡単に声をかけては……」

「宦官の変装に意味がないということだな。ならば、もう普通に出かけてもいいかな」

「殿下、そういうことではないのですが」

「宝物殿に行って、俺も国の宝のことをもっと学ぼうと思ったのだ。だめか？　建学」

だめじゃない。勤勉なのは皓月様のよい部分だ。そんな悲しそうな顔をしないでほしい。

建学は胸が締めつけられた。

「お優しいのも晧月様の素晴らしいところです。ですが……」

褒められて嬉しいのか、晧月は照れ隠しに頬を膨らませている。なんて可愛らしいのだろうか。胸がきゅんとする。建学はそれ以上なにも言えなくなる。

「……行くぞ。建学」

「はい。仰せのままに」

自分を変えてくれた人だから、なんでも願いを叶《かな》えて差し上げたいし、従うだけなのだ。建学の仕事であり、生きがいだ。

建学は学識も高く頭もよかった。容姿も整っていたので、目立っていたのだろう。若い頃から同僚宦官の妬みの対象になった。いやがらせも多かった。しかし、負けたくなくて脇目もふらずに職務に徹した。いじめにはこっそり仕返しもした。そのせいでますます融通の利かない性格になった。まわりは敵ばかり。私利私欲にまみれ、自分の地位と名誉のために仲間を蹴落そうとするやつらばかり。建学は殻に閉じこもるようになった。誰も信用できない。

優しくしてくるやつは見返りを要求する。建学が美形だということで慰みものにしようとするやつもいた。冗談じゃなかった。

皇帝陛下が個人能力を重視する方でよかった。そのおかげで、建学の働きは認められていき、皓月の教育係に抜擢《ばってき》されたのだ。皓月が五歳、自分が十九歳のときだった。

なにかにつけ頼ってくる皓月は本当に愛《いと》おしかった。しばらくは母親と離れて暮らすことを余儀なくされる皇子は、寂しさを抱えている。ひとり木陰で母恋しさに涙する皓月はまるで、ふかふかした毛の子犬のようだった。ああ、これは自分が生涯かけてお守りしなくてはいけないと改めて決意した。

よし、私は今日から母犬になろう。

皓月は建学を、ただ純粋に慕ってくれた。見返りなんか求めてこない。融通が利かず殻に閉じこもっていた自分の、よき理解者にもなってくれた。

「大好きだよ、建学。ずっとぼくの友達でいてね」

心臓が握りつぶされたかと思った。純粋で無垢《むく》。その眩《まぶ》しさに目眩がする。全身の血液が入れ替わったかのような清々《すがすが》しさだった。

ふたりを見守っていた徳妃も信頼してくれており「皓月を守ってあげてね」と仰せつかっている。

愛おしい晧月が変な女子に引っかかった。建学は歯ぎしりしてしまう。

「殿下の学ぼうというお気持ちは素晴らしいです。しかし、あのような小汚い下働きと話をせずともよいではないですか？」

「汚くはないだろう。真面目で働き者な娘だよ。俺の話もきちんと聞いてくれる。途中から宝石の話に脱線していくけれど、それも聞いていて勉強になるよ」

「……皇子殿下ともあろうお方が、小娘の話から学ぶことなどありません。ともかく、宝物殿の話をなさりたいなら黄老師がいらっしゃるではないですか」

「老師も、晶華のことは育てたいと思っているようだから」

建学は耳を疑った。ということは、晶華は聡明だということか。

「黄老師は科挙試験に合格し長年皇宮に仕えて、正一品大保まで務めた。その黄老師が目にかけるようになったのだから。いいことじゃないか」

「ですが……」

いまから七年前、黄老師は五十の時に年齢を理由に退こうとした。その矢先、縁戚の女子が後宮に召されることになる。当時の黄老師は役職を解かれたが、後ろ盾のために皇宮に残った。その女子はすぐ陛下に見初められ正三品美人に封じられたが、死亡している。噂では毒殺で、犯人はわからずじまいだという。

「皇子の翡翠の腕輪を見て不気味に笑う女子が聡明とは、なにかの間違いであってほしい」

「なにかいった？　建学。さっきから独り言が多いよ。疲れているのかい？」

「いいえ！　なんでもございません！」

疲れているのは誰のせいだと思っているのだろうか。

文句を胸にしまって、ご機嫌で足取り軽やかな皓月のあとを、建学はため息をつきながら追った。本日は晴天で気温もちょうどよく、過ごしやすい。すっかり秋めいて、後宮庭園にはなにかの花の香りが漂っている。

宝物殿が見えてきた。

猫背の晶華が、宝物殿の入口を箒で掃除している。

「晶華。今日も精が出るな」

皓月の声に気づいた晶華が、掃除の手を止めて拱手をする。礼はよいという意味で手を挙げた皓月の手首に、視線が釘付《くぎづ》けだ。ニヤリと笑う。

本当にこの女子は皓月の腕輪にしか興味がないのか。顔面をどう思うのだ。この眉目秀麗の皇子が自分に会いに来ているのだぞ？　泣いて喜ぶべきだし、本来なら皇宮敷地内にいる女子全員に袋叩《ふくろだた》きにあっても不思議ではない。

その時、宝物殿の扉が開いて中から人が出てくる。

「晶華、この桶の水を……と、皇子殿下！」

白髪頭の好好爺《こうこうや》が、晧月に気づいて抱えていた桶を地面に置く。笑顔で拱手をした。

「黄老師。おや、今日は外出と聞いていたが」

「でしたが、来客があるので取りやめにしました。胡徳妃様がいらっしゃると知らせがあったので」

「……母上が？」

建学はあたりを見回す。人影はないが、胡徳妃が来るならば晧月は晶華とのんびり菓子など食べられないだろう。

「ええ。自分の用事は重要なことでもないので、後日でいいのです」

「そうか。母上はなんの用なのだろうな」

晧月は不満げだ。晶華はじっとりとした目で晧月と老師とを交互に見ている。

「数日後に庭園で秋花の宴が行われますでしょう。かんざしなどを見たいそうで」

「ああ、そういえばそんなものがあったな」

「皇帝陛下も出席されますので」

そうか。それならばめかしこんでいかなければならないだろう。着飾ろうとするのは胡徳妃だけでなく、その他の妃嬪たちも同じなのだが。

「胡徳妃に気持ちよく選んでもらい、気に入っていただくようにするのがわしの仕事ですから」

ほほほと黄老師は笑う。なぜか晶華もニヤニヤとしている。もはや地位や名誉に興味もなさそうな、そんな黄老師が羨ましくもある。宝物殿の職務を人生の終わりまでと思っているのかな、と建学は目を細める。

「今日は晶華にも手伝って貰うからな」

「えっ、いいんですか？」

「仕事中に窓にべったり貼りついて覗かれるのはたまらんのじゃ。近くに置いていたほうが、わしが健やかでいられる」

「やったぁ！　嬉しいですぅ。黄老師、感謝いたします！」

「お前のためではない。わしのためじゃ……ここへ来てふた月にもなるかの。そろそろ宝物殿の仕事も覚えて貰わねばならん」

「うはぁ～！　覚えますやりますなんでも！」

箒を放り投げて喜ぶ晶華を、黄老師は苦笑しながら見ている。

なんだこの光景は。和気あいあいではないか。建学はまた歯ぎしりをしてしまう。こんなに食いしばっていては、肩こりから腰痛が再発しそうだ。気をつけなくては。呼吸を整えよう。

「すう、はぁ。深呼吸しよ……」

「建学、なんか本当に疲れているんだね。帰って休んだら？」

「晧月様をひとり残して寝ていられませんっ！」

「俺はひとりでも大丈夫なんだけれどな」

その時、後ろから小鳥が囀《さえず》るような美しい声が聞こえてきた。

「ずいぶんと賑《にぎ》やかですこと」

「母上！」

晧月が笑顔で振り返った。そこにいたのは、たくさんのお付きを従えた胡徳妃だった。

建学は黄老師とともに拱手して胡徳妃を出迎える。横目で晶華を見ると、同じようにしている。フン、お前はずっと庭掃除をしていればいいのだぞ。

胡徳妃が通った道には花が咲き乱れ、心の汚れた人間は腐り崩れ落ちるだろう。結いあげた髪に挿す歩揺《ほよう》の先から衣の裾先まで美しい。このように美しい人間から生まれた皓月が美しいのは、当たり前なのかもしれない。胡徳妃はこの世に舞い降りた天女だ。天の奇跡を感じずにはいられない。

「さあさ、ご準備申しあげておりますので。こちらへ」

黄老師は胡徳妃を案内する。胡徳妃の手を取る侍女頭は青鈴という。色白で、切れ長の涼し気な目元が魅力的な、美しい女子だ。青鈴は徳妃の手を取りつつ、さりげなくこちらへ視線を寄越す。目が合うとふっと微笑んできた。澄んだ目が細められて、建学は顔が熱くなるのを感じる。

「……建学、菓子を」

皓月の声ではっと我に帰る。持っていた包みを渡すと、皓月は胡徳妃のあとを追った。建学もすぐうしろにつく。胡徳妃に菓子を渡して、帰るのかもしれない。

「母上。邪魔じゃなければ私も同席してよろしいでしょうか？　美味しい菓子もあるのです」

「もちろんよ。邪魔なんてことはないわ。皓月も一緒に選んでちょうだいな」

皓月が差し出した手を胡徳妃が取る。このまま宝物殿へ同行するつもりなのか。皓月を引き留めるわけにもいかない。

建学は仕方なく、あとを追い宝物殿へと向かった。

胡徳妃はお付きの者たちを宝物殿の外に待機させ、青鈴だけを宝物殿へ伴った。晧月のあとについて入ると、泥団子も入って来た。追い出してやりたいが、そんなことをしたら晧月に叱られてしまう。それに、黄老師が手伝えと言ったのだから、建学の出る幕はない。

「こんな感じだったかしら、宝物殿って。なんだか来るのが久しぶりだから、忘れちゃったわ」

「爺ひとりでは手がまわらないもので……品物は多いのですが整理が万全ではありません」

建学自身、何度か足を踏み入れたことはある宝物殿だが、妃嬪の品を選ぶ場に同席するのははじめてだ。そもそも自分は宝石や宝飾品に興味がない。物に執着する性質ではないからだ。べつに宝飾品好きな人間を軽蔑しているわけではないが、自分を飾ったところで内面は変わらない。価値も決まらない。

宝物殿は妃嬪の宮殿と同じくらいはある広さだ。奥に両開きの扉が見える。あの向こうは皇帝陛下や皇后陛下が訪問したときのための宝座があるはずだ。その他の妃嬪は一段高くなっている間に通される。くつろげる場所になっており、大きな円卓に商品などを並べてゆっくりと品物を選ぶことができる。老師の書斎らしき間も竹の衝立《ついたて》の向こうにちらりと見える。

青鈴が胡徳妃から離れて壁に控えた。なにかあってもいいように、建学は建物入口に控えた。ここからなら青鈴のこともよく見える。

両手を広げても足りないくらいの大きさの陳列箱には、大小色とりどりの宝石や見事な細工が施された宝飾品が並んでいる。壁に並ぶ棚にもぎっしりと収められている。棚や陳列箱も漆塗りに金銀細工で縁起のいい細工があり、どう見ても高級そうだ。こんな膨大な数の中から気に入ったものを選ぶというのか。欲しければその労力も厭《いと》わない人間の欲というのは凄《すご》い。

「ふ、ふお……ついにわたしは……宝物殿に……はぁはぁ」

隣から馬の鼻息が聞こえる。いや、ここに馬はいないが。見ると、晶華が建学の袖を握りしめて息を乱している。

こいつはなにをしているのだろうか。建学は袖を振り解《ほど》いた。

「お前、鼻息が荒い。静かにしないか」

「す、すみませ……いつも窓から……興奮してし……はえ……」

「もっと腹から声を出せ。聞こえないではないか。聞こえないということは会話が成り立たないということだぞ。成り立たなければ意思疎通できず、仕事もできないだろう？」

「はわっ、しゅみません」

いかん。つい強い口調になってしまった。悪かったかなと思い晶華を見ると、頬を赤らめて興奮している。建学にではなくて陳列箱にある宝石や宝飾品に対してだ。

建学はため息をついた。

「初めて入ったのか？　宝物殿に」

「そうです……いつも窓から覗くだけだったので。興奮します」

「どうして私のそばに来る」

「な、なんか緊張してしまって」

「私はお前の精神安定の道具ではない」

「はぁ……そうですね。すみませんでした。いっけなぁい」

自分で頭を小突いている。なんだそれは、呪いの儀式か。

憧れの初仕事といったところか。まぁ、

「しっかりやりたまえ」

「ありがとうございます。お優しいっ」

「……老師の手伝いをするのだろう。行ってはどうか。ここにいたら仕事ができないだろう」

「は、はいっ。そうですね。仕事をしないと……建学様、ありがとうございます」

名乗った覚えはないのだが。ああ、皓月様の話で覚えたのかもしれない。

「せいぜいがんばれ」

「はあっ……建学様の応援で、元気百倍です」

「べつに応援してない」

晶華は胸に手を当てて深呼吸をしている。大袈裟だ。そのあと晶華は「よしっ！がんばれわたし」と気合を入れて、黄老師に駆け寄っていった。

胡徳妃が入口付近の陳列箱を見ている。黄老師がやってきて説明をする。

「胡徳妃様。このあたりは賀月森山から先月採掘されたばかりなので、原石のままなのですが。成形の研磨を施したものはあちらにありますので」

「わかったわ。あとで見るわ。ねぇ、これはなんというの？　饅頭を割ったような形をしているけれど」

胡徳妃の感想に納得する。饅頭に例えるなんてどうかと思うが、たしかにそう見えないこともない。餡《あん》が紫色だが。

「紫水晶です」

恰幅のいい黄老師の後ろからひょっこり顔を出してそう言ったのは、晶華だった。

「そうか……よく見ればそうだわ。わたしったら饅頭なんて。紫水晶は皇帝陛下だけが身に着けられるものだわ。こんな形をしているのね」

「加工前の大きな原石ですね。紫水晶は愛の守護石とも言われています」

ふん。徳妃相手に偉そうに。勝手に口出しをして、あとで老師に叱られればいい。

「愛の守護石……そうなの？」

晶華の話を聞いて、一瞬にして胡徳妃の顔色が変わった。

「宝石にはそれぞれ言い伝えや意味、物語がありますから。輝峰国に賀月森山伝説があるように」

晶華は胡徳妃の問いにしっかりと答えている。この女子、宝石の話になると人が変わるらしい。晶華は真剣な目つきで徳妃相手に物怖《ものお》じしない。建学は興味がそそられた。これは、皓月が面白がるのもわかる気がする。

建学は晶華の顔を遠目にじっと見ていた。長い睫毛、黒目勝ちの大きな瞳。目つきが悪いのは下から見あげるのが癖だからだ。猫背を直したほうがいい。ふっくらとした唇は紅を引かないのに撫子《なでしこ》色で、歯並びもよい。吹き出物もない肌。下地は悪くはないのかもしれない。宝石ばかり磨いて、自分のことには無頓着なのか。

「特別、不美人というわけでもないか……」

思わず独りごとが口を突く。

皓月というと、なにやら笑顔で胡徳妃と晶華のやり取りを見ている。

「あなた、晶華といったわね。その知識はどこから？」

「爺様が宝石職人だったものですから。宝飾品はもとより宝石関係の書物があったのです。もう自宅はありません。土地は人手に渡り、店にあった品物もなにひとつありません。書物や文献も。ですが、覚えているので」

「凄いわね。晶華は記憶力がいいのだわ」

「ですが、人間は忘れる生きものじゃないですか。忘れないように書きとめたものがあって、いつかきちんとまとめたいなあと考えているんです……ふふ、陽高伝統の高級手すき紙に金粉を塗してキラキラさせてみたいです」

勝手に未来に想《おも》いを馳《は》せている。やめろ、まわりが困っているぞ。

「まぁ……あなたはとても聡明なのね。晶華」

いや、胡徳妃は困っていない。なんだか興奮している。

「晶華のお祖父《じい》様は息災なのかしら？」

「わたしが十歳のときに他界しました」

あらそう、と胡徳妃は暗い表情になった。晶華は宝石職人の孫なのか。ならば宝石の知識があってもおかしくはない。黙って聞いている晧月は、なにを思っているだろうか。同情が恋心に発展しないか……いやいや、ぞっとする。

「そのあといろいろありまして、瀕死《ひんし》の状態を助けてくださった異人様にもいろいろ教わりました。命の恩人で……あ、わたしの話はどうでもいいですねっ」

晶華は拱手をし「申し訳ございません」と謝罪する。胡徳妃は晶華の手にそっと触れて、拱手を解かせた。

「後日そのお話を聞かせてちょうだい。今度、紅透宮に来て」

建学は胡徳妃を二度見した。耳を疑ったが、晶華を招くと言った？　晶華自身も驚きのあまり挙動不審になっている。

「母上、それに俺も同席してもいいでしょうか？」

また二度見してしまう。なんたることだ。晧月までも。親子でやめてくれ、腰痛が悪化する。

「ええ、もちろん。大勢のほうが楽しいわね」

いやだから、なんだというのか、この和気あいあいとした雰囲気は。建学は取り残されてしまったようで切なくなってしまった。なんならあそこに混ざりたい。

「晶華、胡徳妃様は忙しいのだよ。聞かれもしないのに自分の話をするでない」

「申し訳ございません。そうですよね」

晶華はへへへと笑い、下がろうとした。ちょっと待ってと呼び止めたのは胡徳妃だ。

「気にしなくて結構よ。興味深いお話だわ。ねぇ黄老師、晶華に選ぶのを手伝ってもらいたいのだけれど」

「承知いたしました。晶華、お役に立ちなさい」

黄老師は苦い顔をしない。想定内とでもいいたそうな顔だ。

「わ、わたしに？　本当ですか？」

「ええ。ぜひ。お願いするわ」

「これは夢なのかしら……輝峰の薔薇がもっと美しくなるお手伝い……幸せすぎて禿《は》げそう」

「落ち着け、晶華」

ははは と軽やかに皓月が笑う。「そうですよね～」などと一緒に笑う晶華。

「この晶華、胡徳妃様の類まれな美しさを更に引き立てるため、全力を尽くします。

そのまま力尽きて宝物殿の池に浮かんでもいいです」

「浮かばないで。清掃が大変だわ」

胡徳妃はからからと笑った。とても楽しそうだった。

「なんて気持ちのよい娘なのかしら。私の美しさを理解している。晶華、気に入ったわ。あなたとっても可愛いわ」

「か、かか、可愛いだなんてー！」

可愛い？　泥団子を可愛いと？　胡徳妃の美的感覚は歪んでいるのではないだろうか。

建学は苛立《いらだ》たしかった。舌打ちをしてその場から目を逸《そ》らしたら、青鈴と視線が合った。建学を見て笑いをこらえているようだ。

なんだか恥ずかしくなってしまった。

「母上、それなら円卓で茶を囲みましょう」

「そうね」

胡徳妃は青鈴に茶を頼む。晧月が円卓に菓子を用意した。しかし、箱は開けない。ここ宝物殿には希少で高価なものがたくさん置いてある。汚すわけにはいかない。終わったら食べるつもりなのだろう。

「ええと。耳飾りと首飾り……歩揺やかんざしは新しいものが入っていますね、たしか」

晶華の話に、ふうん、と胡徳妃はにっこり微笑む。とても楽しそうだ。黄老師が晶華に向かって指を立てる。

「晶華。新しいものが入ったなんて、どうして知っている？」

「こっそり扉を開けて見ていました。老師は運ばれてきた荷を解いて、宝石箱を出しました。ああいいなぁ、どんな綺麗《きれい》なものがやってきたのだろうとわたしは興味津々で……へへ。老師は箱を開けて、ぎゅっと眉間に皺を寄せ、口髭《ひげ》を捻《ひね》って難しそうなお顔をされていましたよ」

「……そんなところは見んでいい……」

頭を掻《か》いて、黄老師は苦笑いをしている。怒ったり、辞めさせたりするつもりはない様子だった。晶華は胡徳妃に静かに話しかけた。

「胡徳妃様、秋花の宴でのお召し物はどのようなものですか？　色、柄などはお決まりですか？」

「……衣に合わせるのね？」

「はい！　そのほうが気分もあがるのではと思ったのですが」

晶華が返事をすると、胡徳妃は青鈴を呼び寄せ説明させた。

「上衣《うわぎ》は水色で裾に金木犀《きんもくせい》の花模様が入り、腰帯は藍色、披帛《ひはく》は撫子色です」

それを聞いた晶華はうっとりと胡徳妃を見つめている。想像して楽しんでいるのだろうか。気色が悪い。

「はぁ、きっとお美しいことでしょう。わたしが思いますに……あ、あの、申しあげてもよろしいでしょうか」

「いいわ。気にせず続けてちょうだい」

「胡徳妃様は色白でいらっしゃるので、地金は銀細工、宝石は紫か青色がお似合いなのではと思います。腰帯が藍色なのでしたら、耳飾りと色を合わせてはいかがでしょう？」

「たしかに、晶華の言うとおりかも。なんか妃の位が高くなると習わしで金細工じゃない？　でもなんだか金色だと気持ちが乗らないのよね。金細工は嫌いじゃないのよ。なぜかしら」

「気持ちが乗らないのはやはり、肌の色と合わないのではないかと思うのですよ。お顔の色が悪く見えてしまうとか」

「顔色が……悪いですって……」

胡徳妃の目つきが険しくなる。妃のなかで皇帝の寵愛《ちょうあい》を一番に受けているといわれる胡徳妃に向かって「顔色が悪い」などと言うからだ。怒りを買って罰せられるがいい。

建学は宝物殿から晶華が追い出されるのを想像した。ところが胡徳妃は「青鈴！」と侍女を呼んだ。

「紅透宮にある金色の耳飾りと首飾りは即刻始末してちょうだい」

「承知しました。胡徳妃様」

「もったいない！　胡徳妃様、それでしたら宝物殿にお持ちください。職人に聞いて形を変える再加工もできると思います。それに金細工がお好きな方もいらっしゃいます。あと、かんざしでしたら徳妃様の艶やかな黒髪に絶対にお似合いです」

「そうなの？　たしかに始末するのは惜しいものね……かんざしね。そうね。じゃあ晶華の言うとおりにするわ」

想像と違う方向へ話が進んできた。建学は眉間に皺を寄せる。

晶華は手袋をしてニヤリと笑っている。ちょこちょこと歩いてべつな陳列箱に向かい、しばらくしてひとつの耳飾りを箱に入れて戻ってきた。胡徳妃は耳飾りをつまみ「美しい青ね」と微笑んだ。銀の鎖に青い石が複数連なる耳飾りだった。

「どどーん！　青金石《せいきんせき》の耳飾りです。いかがでしょう！」

「へぇ……綺麗ね」

「どんな感じがしますか？」

「星空が閉じ込められているみたいだわ。なんかこう、満天の星をここに吸い込んだようで。そうね、うん。とても惹《ひ》かれる」

胡徳妃は様々な角度から青金石の耳飾りを見ていた。気に入ったらしい。

「おっしゃるとおり、青金石は天空の欠片《かけら》とも呼ばれます。輝峰国では昔から王族に好まれ、王族以外が身に着けることは禁じられた歴史があります」

「宝石狂いの皇后陛下が生きていた時代のことでしょう。いまは超希少なもの以外は自由化しているはずよ。金さえ払えば手に入れられる。そうでしょう？　黄老師」

声をかけられた老師が、ゆったりと返事をする。

「左様です。宝物殿にある宝石や宝飾品のうち、国の管理下、いわゆる皇帝が受け継いできたものは例外ですがね。採掘でも質流れでも、皇宮管理下にある鑑定機関が希少と定めれば、宝石は皇宮の宝物殿へ送られてきますな。これは、当時の皇后陛下がお決めになったこと」

「偽物の作製や売買は死罪よ。歴史書にも記載があるわ。皇后陛下にはお抱えの宝石職人がいて、自分のためのかんざしや指輪、腕輪などを作製させたそうよ。宝石職人を育てる学校も作ったというのだから、執念が凄いわね」

「現在、各地にいる腕のよい宝石職人はその頃の名残ですな、皇宮の外に出て学びの場が広がったのです」

胡徳妃と黄老師の話は、輝峰国の歴史を学べば自《おの》ずと得る知識だ。建学ももちろん知っている。

この皇后は、自分のための宝飾品に誰も触ってはならぬと厳重に管理した。許可なく触れた者の両腕を切り落とした、などという逸話も残っている。切り落とされたのは皇帝の寵愛を受けていた妃嬪の腕で、その腕にはめられていたといわれる翡翠の腕輪はいまも宝物殿に保管されている。腕輪のせいではなく嫉妬のような気がするが、腕輪にとっては「輝峰国皇后の怒りを買って腕を切り落とされた妃嬪がはめていた」という怖い逸話がついてしまったわけだ。

当時の皇后が使っていた宝飾品は、皇后が崩御したときに多くが一緒に埋葬されたそうで、残っているのは一部だと聞く。

「わたしの爺様も、その時代を継いできた職人なのかもしれません」

晶華がぽつりとこぼす。

「お祖父様のこと大好きだったのね。晶華」

胡徳妃がねぎらってくれたが、いまは亡き人を語るには、思い出の共有ができないと気づいたのか晶華は「すみません」と肩をすぼめる。

「話がそれてしまったわ。ごめんなさいね。晶華」

「あ、いいえ。すみません。わたしも輝峰国の宝石の歴史に聞き入っちゃいました！」

「晶華。この青金石のことをもっと教えてくれる？」

胡徳妃は話題を元に戻した。暗い顔をした晶華を気遣ってのことらしい。

「承知いたしました。胡徳妃様。……秋花の宴は花を楽しむのももちろんですが、国の実り、皇帝陛下の健康なども祈る場です。幸運の石とも呼ばれますので、この青金石の耳飾りは相応《ふさわ》しいと思います」

皇帝陛下と言われて胡徳妃の目つきが変わった。

「幸運の石なんて素晴らしいわ。陛下もお喜びになるはず」

「皇帝陛下にも相応しいですし、胡徳妃にもよいものだと思います。満天の星を見ているようで惹かれるとおっしゃる。ならば、ご自身によく馴染《なじ》むことでしょう」

胡徳妃の前でも臆せずに説明をする晶華は、猫背でもなく不気味な笑みを浮かべることもなく、真剣そのものだ。胡徳妃は晶華の話を聞き、満足そうに頷《うなず》く。

「これにするわ。鏡をちょうだい」

青鈴が円卓に鏡箱を持ってくる。鏡を見ながら胡徳妃は耳飾りをつけた。

「大変お似合いです。肌色にもあい、胡徳妃の美しさをより引き立てています」

「ええ、本当に」

晶華の言葉に青鈴も賛同した。建学もたしかによく似合っていると感じる。

「胡徳妃、髪飾りはどうされますか？　新しいものをお持ちしました。この中で惹かれるものがございますか？」

「この撫子色の宝石がついた金のかんざしが素敵だわ」

「蛋白石《たんぱくせき》ですね。胡徳妃の艶やかな黒髪によく映えるかと」

「これも蛋白石なの？　こんな色があるのね。知らなかったわ」

「はあ……絶対にお似合いです。美しい方に美しい宝石を合わせる。目が幸せ……明日などなくなってもいい……」

胡徳妃と蛋白石のかんざしを交互に見て、晶華はうっとりした表情で頬に手を当てている。恋する女子のように見えなくもない。

「嬉しいことを言ってくれるわね。ねぇ、この蛋白石にはどんな物語があるの？」

「蛋白石は愛情の宝石と言われています。自分の魅力を高め、意中の相手を惹きつけるような」

「まぁ。意中の相手……」

ふふ、と胡徳妃は恥ずかしそうに笑う。皇帝陛下を想っているのだろう。

「決めました。耳飾りとかんざしをあとで紅透宮に届けてちょうだい」

黄老師がそれらを受け取り、黒漆に金色の花模様が描かれた宝石箱に入れた。

「不思議だわ。自分が願うような意味を持つ宝石に出会えるのね」

「惹かれる、とはそういうことです。惹かれるから身に着けたい。大切にしたいと思う。手に取った宝石に物語があれば、導いてくれるような気がしませんか？」

「あなたは、そう信じているのね？　晶華」

「……申し訳ございません。またなんか変なことを」

いいのよ、と胡徳妃は微笑んだ。つられたように晶華も笑っている。

「悠久の時を経て大地に育まれてきた宝石の成り立ちや伝説、物語を聞いて、心が変化したり前に進む気持ちが芽生えたりする。素敵だなぁと思うんです」

胡徳妃も黄老師も、皓月も黙って晶華の話を聞いている。

「きっかけだったり、考えが変わったり。そういうことに心が響く自分でもありたいなぁ、なんて思います。苦しいことばかり考えていたら、心が死んでしまいます」

「宝石の物語が悪いことだったらどうするの？」

「あー……そういうのは忘れちゃいましょう」

晶華の言葉に胡徳妃は吹き出した。そして、納得したように頷き、晶華の頰を優しく撫《な》でている。

建学は驚いた。まるで昔からお互い知っていたかのような様子ではないか。

あの輪にすっと入っていく晶華という女子は一体何者なのだ。宝石のことを話しているだけなのに。

自分は皓月のそばにいられるように日々努力を重ね、やっとつかんだ立場と日々だというのに。後宮に来てたったふた月の泥団子に、皓月と胡徳妃のそばにいられる立場を取られてしまいそうという不安が湧いた。これは、嫉妬だ。

私が？　あの泥団子に嫉妬しているというのか？

「ふん、まさか」

鼻で笑う。皆、珍しい人間に興味があるだけだ。すぐに飽きるし、忘れる。皓月も胡徳妃もきっと。

おそらく自分はいまとても悪い顔をしている。建学は唇を引き結んだ。

「建学」

いつの間にそばに来ていたのか、名を呼んだのは皓月だった。

「殿下。よろしいのですか、胡徳妃様のほうは」

「あっちは女子同士で盛り上がっている」

「……胡徳妃様も楽しそうでなによりです」

「秋花の宴かぁ。宮女たちの舞や、母上と徐賢妃が演奏や歌などを父上に披露するが、どうも退屈でな」

毎年のことだが、皓月にとっては一番苦手な席だろう。楽しく過ごせるようにしてやりたいが。ふと建学は、あることを思いつく。

「皓月様。退屈なのでしたら話し相手をお連れしては？」

「話し相手？　誰のことだ」

「秋花の宴に晶華を同席させてみては？」

思わぬことを聞いたようで、皓月は目を丸くしたが、すぐに表情が明るくなる。

正解だ。

「そうだな。宝物殿からの使いで、徳妃のかんざしや耳飾りを介添えする役目でならいいのかも」

「ええ。晧月様のお付きではないのですから、べつにおかしくはありません。宝物殿に興味のある者から声がかかるかもしれませんから、晶華のためにもなるのでは」

「さすがだな、建学。思いつかなかった。わかった、ありがとう。母上に聞いてみるよ」

晧月はすぐに胡徳妃様のところへ戻っていく。

「母上、話はまとまりましたか？」

「ええ。ありがとう晧月」

「母上、ひとつ俺から提案があります。秋花の宴に、徳妃管理である宝物殿からの使いとして晶華を伴わせてはどうですか？」

突然の晧月の提案に、晶華は持っていた盆を取り落としそうになる。

「気をつけろ、晶華」

「こここ、晧月様！　なにをおっしゃいます……」

「ね、母上。いかがでしょう？」

「なるほど、いいんじゃない？　陛下はもちろんほかの妃嬪、宮女や侍女もいるし。宝物殿の宣伝になるのではないの？」

胡徳妃も乗り気だ。いい具合に事が運んでいる。建学は内心ニヤリとした。

「いい考えだわ。決まりね。晶華。秋花の宴にいらっしゃい」

「あっえっ？　わたし……？　そんなっ、滅相もないです。下々の者が後宮の行事に参加なんてっ」

「是非来てちょうだい、晶華。それに、ひとり増えたところで誰も文句を言わないわ。わたしになにか言ってきたらぶっ飛ばすし」

「母上ったら乱暴だなぁ」

楽しそうな晧月と胡徳妃だったが、あいだに挟まれた晶華は顔を真っ赤にしている。

「ひえー！　なんでー！」

初々しいふりをしていても、腹の中でなにを考えているのかわからない。内心は嬉しいに決まっている。皇帝の寵愛が一番だと言われている胡徳妃に取り入ることができそうなのだから。

調子に乗るのもいまのうちだ。貧相でみすぼらしい姿をさらせばいい。宴の席で悪目立ちして、失敗すればいいのだ。

建学は和気あいあいと話をしている彼らを横目に、宝物殿を出た。

第二章　妃の祈り

皇宮に参内する時や、正式な場に出る際に身に着ける皇子の衣を纏《まと》う。朱色のそれは絹織物で、金糸で吉祥文様、輝峰国で縁起物とされる月や兎《うさぎ》といった刺繡《ししゅう》が施されている。支度のすべてが終わると、侍女たちは下がっていく。

「おかしくないか、建学」

ひとりであれこれ指示を出していた建学が、晧月の支度部屋に戻ってきた。目の前で回れ右などをして、装いを確認してもらう。

「いつも思いますが、支度の者たちにお聞きになればいいのに」

「美的感覚の信用度が違うから」

「そうですか……。雨雲を晴らす勢いでお似合いです。晧月様」

「皇子のこの衣は乱暴に扱えないから窮屈でいけないね」

後宮では季節ごとの花を愛でながら、歌や舞い、演奏を楽しむ宴が開かれる。皇帝も参加し、妃たちや皇子、その他妃嬪たちも大集合するのだ。月明かりのもと、花火をあげたりもするのだ。あまり秋が深くなると寒くなり、屋外の宴は体が冷える。輝峰国の冬は厳しい。その手前の楽しみだ。

「紅透宮で支度をしてもらっている晶華は大丈夫なのか？」

「はい。さきほど使いが来まして、宮女の衣で上等なものを用意したとか」

「みすぼらしい恰好で宴の席には座らせられないからな」

「とはいえ、晶華は宮の侍女でも女官でもないですからね。あまり華美にはできないと、胡徳妃もおっしゃっていました」

「女子は大変だなぁ」

晶華は徳妃管理の宝物殿で働く女子だ。お世辞にもよい身なりはしていない。支給品の衣と、ここへやってきたときに着ていた庶民服しか持っておらず、とてもじゃないがそのまま皇帝が参加する宴の場に出すわけにはいかなかった。

あんなに宝石の手入れを念入りにするのだから、自分のこともう少し気にすればいいのに。

「母上がいてくれてよかったよ」

「紅透宮の侍女たちの住まいで支度をしたあとに、会場へ行くはずです」

わかった、と返事をして晧月は建学とともに寝宮を出た。

晧月たち皇子が暮らす外城にも宴の雰囲気が漂っている。もうすぐ日が暮れる。

提灯《ちょうちん》がところどころに灯《とも》っている。後宮の塀の外から花火をあげるが、皇宮どころか遠くからも見えるから、秋花の宴に合わせて陽高の都でも祭りが催されているのだ。

「母上と徐賢妃の火花が散らないといいなぁ」

「そんなのいつものことではありませんか。皓月様は来儀様とお話しされては？」

「あの母ふたりの前ではあからさまに仲よくできないんだよ。挨拶だけする」

現在、正一品四夫人のうち賢妃と母の徳妃以外は空位だ。それぞれ皇子がひとりずつ。もちろん、かつて淑妃《しゅくひ》と貴妃《きひ》も存在していたのだが、皓月が幼い頃にふたりとも病死している。淑妃は罪を犯し処刑されたという説もある。だから、どんな妃だったのか知らない。

皇后が空席であるから、側近たちからは立后が望まれている。しかし、皇帝陛下は首を縦に振らないらしい。

誰が皇后になってもいいし、他から娶《めと》った女子が順序立てて皇后になるのでもいい。皓月自身は母の胡徳妃がなればいいのにと思ってはいるのだが、そうすると自分の立場も変わってくる。ちょっとそれは困る。

徐賢妃は来儀の母で、物腰柔らかなおっとりとした人だ。皓月にも優しく接してくれるし、来儀と仲よくしていても「兄弟が仲のよいことはいいことです」と悪い顔はしない。来儀との仲を気にしているのは、晧月の母だ。

後宮入りをしてからいままで、母がどんな時を過ごしてきたのかは実はあまりよく知らない。ただ「簡単に人を信用してはならない」と幼い頃から言われてきた。軽く受け流すわけではないが、母の言葉は胸に留《とど》めておこうと思っている。

跡目争いは辛い物語しか生まないことを、過去の出来事から学ぶべきだ。

皇帝と、十年前に他界している皇后のあいだには、皇子がふたりいた。兄は暁明《きょうめい》、弟は勝峰《しょうほう》といった。五年前、弟の勝峰が立太子され新皇太子が誕生した。しかし、一か月後に勝峰が何者かに殺害された。皇宮内での出来事だった。暁明の仕業だとまことしやかに騒がれていたが、結局犯人は発覚しなかった。ところが数か月後、兄の暁明も討伐任務中に亡くなった。匕首《あいくち》で心臓を一突きされていたという。この匕首が勝峰のものだったことから「弟の亡霊に殺されたのだ」と皆が震えた。

暁明は思い出として、亡くなった弟の腕輪を身に着けていたという。

晧月自身は、暁明と勝峰とは数えるほどしか会ったことがなかった。歳も十以上離れていたし、あちらは皇后の子で、晧月は違う。避けていたわけでもないし、会うことを禁じられていたわけでもない。あのふたりとは住む世界が違うと思っていた。皓月としては、同じ場所にいてはいけない気がしていた。ふたりとも死んだと聞いても、寂しくはなかった。恐怖が強かった。

後宮への門をくぐる。秋花の宴に呼ばれた都の楽師団が奏でる弦の音色、女子の笑い声が秋風に乗って聞こえてくる。

「皓月様、寒くはありませんか?」

「ちょっと風が冷たいかな。でも大丈夫だ。ありがとう」

「……前から女子たちが来ますね。ひとり衣の色が違います。宴に向かうどこかの妃嬪でしょうか」

建学はめざとい。美しい女子でも見つけたのだろう。彼の視線の先を見ると、桃色の侍女服が数人いる。紅透宮の侍女たちだ。その中に、ひとり浅葱《あさぎ》色の衣の女子がいる。

「新しく来た女子じゃないのか?」

「そうでしょうか……そんな女子いたでしょうか」

「知らないよ。女子の出入りに敏感なのは建学のほうだろう」

建学が女子たちに視線を送るから、向こうも気づき、立ち止まり拱手している。

「やり過ごしてしまえばいい。母上が待ってる」

「皇子の衣は目立ちますし、黙っていても皆が晧月様だと気づきますよ」

それはそうだが。あたりは薄暗いし、数歩離れている女子たちの顔がよくわからない。

紅透宮の侍女たちが、官女か誰かを宴に案内しているのだろう。挨拶だけして会場に向かわねば。

しかし、浅葱色の女子がこちらへ手を振っている。

「……馴《な》れ馴《な》れしいですね……晧月様のお知り合いですか？」

「いや。紅透宮の侍女なのは衣の色でわかるが、あの浅葱色は知らん」

無視しよう。自分にではなく、どうせ建学目当ての女子だろう。晧月は女子たちの前をとおり過ぎようとした。

「晧月様！　建学様も！」

聞き覚えのある声に、思わず浅葱色を二度見する。

「……もしかして、晶華、か？」

「はいいっ！」

「へああ!!」

晶華の返事に対して奇声をあげたのは建学だった。

「晶華です！　晧月様、建学様、本日はおめでとうございます！」

「おめでとう……晶華。これは驚いたな。人が違うようだ」

晶華は目にかかるほどだった前髪をあげ、艶やかな額を出している。いつも三つ編みを垂らしていた黒髪は結いあげ、質素だが上品な銀細工のかんざしをしている。化粧をし、長い睫毛に覆われた黒目がちの目は好奇心旺盛に輝き、紅を乗せた唇は赤い花のよう。

「……嘘《うそ》だ。泥団子が？」

「おい建学。きちんと晶華と呼べ。その呼び方は禁ずる」

「も、申し訳ございません……いや、しかし……晶華なのですか。顔の垢《あか》がぶ厚かったのでしょうか……洗ったら顔面が変わったとか」

「そんなわけないだろう。建学、失礼だぞ」

「建学様がそうおっしゃるのも無理はありません。わたし本来はみすぼらしいので。今日だけこのように、頭のてっぺんから爪先までお支度をしてもらいましたっ！」

綺麗な衣を着てかんざしをつけ、晶華は嬉しそうだ。彼女もひとりの女子なのだなと思う。

「別人と話しているようで、なんだか変な感じがするな」

「そ、そうですか？　中身はいつもの晶華でございます。いやもうこの衣めちゃくちゃ上等なもので、手垢でもつけたら斬首ですよねっ」

「そんなことはない。汚れたら洗えばいい」

「晶華、晧月様はお優しいからこのようにおっしゃるが、衣は胡徳妃様から賜ったものだろう？　粗末に扱うな」

「ですよねぇ、建学様のおっしゃるとおりです。転んだら大変ですよねー」

「裾が心配か？　転びそうなら、こうして俺につかまっていろ」

着慣れないものだから足元がおぼつかないのだろう。晧月はおっかなびっくり歩く晶華の手を取ってやった。

「こっここここうげつさ、ま……ぐえ」

うしろから今度は悲鳴が聞こえてくる。

「なんだ、建学。うるさいぞ」

「な、なな、なんてことを……晧月様……」

「なんてことって？　建学。困っている者には手を差し伸べるべきだろう？　衣を汚さないように、転びそうならばこうして歩けばいい。晶華、これならば安心だろう？」

「ちょちょちょ……皓月様、あの、わたし……建学様に殺される……」

建学も晶華も、なぜ慌てているのだ。こんなところでゆっくりしている場合ではない。ただでさえ時間に遅れ気味なのだから。

「さ、行こう。遅れたら母上に叱られる」

皓月は晶華の手を取って歩き出した。

「ひええ」

「どうした、晶華」

「皓月様とこのようにして歩くなど、皆の視線が怖いです……」

「怖くないだろう。さあ、楽しい宴だ。晶華も楽しめ」

女子とこんな風に手を繋いで歩くなんて、なかったかもしれない。介添えのような形だけれど、なぜか胸の奥から煌《きら》めくような、嬉しいようなそんな気持ちが湧《わ》きあがってくる。

「この状況で楽しめる鋼の精神だったらよかったですがっ」

「おかしな奴《やつ》だ。俺は楽しいが」

秋花の宴に行くのがこんなに心躍ったことはない。こんな日も悪くない。繋いだ手の先から、鈴の音のような女子の声がしている。妃を娶ったときもこんな気持ちにならなかった。

温かい。心がふっと軽くなるような、不思議な気持ちだった。

隣を見たら、晶華は頰を真っ赤にしていた。提灯の明かりに照らされた横顔は、とても綺麗だった。

＊　＊　＊

桜琳はあくびをひとつした。

徳妃に封じられてから、もう何年経つだろう。季節の変わり目のせいか、肌が少し荒れていることに気がつく。まだ老け込む歳でもない。もっと手入れに気を使わないと。

「胡徳妃様、昨夜はあまり眠れなかったのですか？」

「最近は宴の準備で気忙《きぜわ》しかったから気が立っているのかもしれないわ」

「それも今日で落ち着きますね」

今朝目覚めたら右手人差し指の爪の先が割れていたので、青鈴に整えてもらっている。

昨夜の月琴の稽古でやってしまったのだろう。爪が割れていても、晴天に恵まれたので気にならない。気にならないけれど、陛下に見られては恥ずかしいので整えて綺麗にしなくては。

今日は特別な日だ。夏から秋へと変わりゆく後宮庭園で、夕刻から秋花の宴が開かれる。

初めて自分が花の宴で月琴と歌を披露したのは、春だった。

「桜琳。そなたの歌は素晴らしいな。月琴のほうはもう少し稽古をつけるといい」

お声をかけてくださった陛下は近くで見るとより一層猿顔だなぁと思ったものだった。夜伽に召され、桜琳の歌を聞きながら陛下は眠った。寝顔はとても安らかで、このひとときを自分と過ごしてくれているのだと思うと、愛おしくてたまらなくなった。おおらかで優しく、すぐに桜琳の心に住み着いたのだった。

「胡徳妃様。お召し替えのお時間です」

桜琳は布張りの長椅子から立ちあがる。侍女の青鈴の介添えで支度部屋へ向かった。大きな鏡台の前に座ると、宝石箱の扉を開けた。先日、宝物殿で選んできた青金石の耳飾りと、撫子色の蛋白石のかんざしだ。それに、晧月を産んだときに陛下がくださった、水晶の首飾りを合わせる。晶華に聞いたら賛成してくれたから。

数人の侍女たちが支度をしてくれるあいだ、少しだけ発声練習をする。

「艶のあるお声が出ていますね」

青鈴が褒めてくれたので気分がいい。今日は月琴と歌を披露することになっている。徐賢妃は舞を披露するとか言っていたが、持病の痔《じ》が悪化していればいいのにと思う。徐賢妃は自分よりもいくつか年上で、自分よりも先に陛下に見初められ、そして先に皇子を産んだ。彼女がいつもそう言うからだ。なにもかも自分が先だから貴女《あなた》よりも勝っているのよ。相手より優位であると思いたいのだ。肉づきが薄く骨っぽい体、大きいばかりでぎょろりとした目で言われても、なにも響かない。怖くもない。ある意味、後宮の女子というのは運命を互いに共有していると言えるのだし。

「まったく。過去になにがあっても醜くなることはないのに」

桜琳のひとりごとに、髪を結いあげていた青鈴の手が震える。

「あ、ごめんなさい。あなたのことじゃないわ」

笑ってごまかす。侍女を怖がらせている場合ではない。入念に支度をして、宴の席に向かわなくては。遅刻しては格好が悪い。

「青鈴。晶華の身支度は？　報告して」

「はい。滞りなく準備が整っております。晧月様の寝宮の侍女と我々で行いました」

「迎えはやったの？　ひとりじゃ後宮庭園に辿りつけないわ。あの子」

「紅透宮の侍女が会場へお連れします」

それならばよい。晧月も安心するだろう。

水色で裾に金木犀の花模様が入った上衣は華やかだ。腰帯は藍色、披帛は撫子色。予定どおりだ。

品よく結った髪に、蛋白石の髪飾りをつける。柳の木を思わせる形に小さく丸い蛋白石がいくつもついていて、額にかかるようになっている。撫子色の花が咲いているようだ。もう少し華やかにしたいので、小花が連なったような模様の銀細工がんざしをちりばめた。そのあとおしろいをつけ眉と紅を引き、青金石の耳飾りをつけた。星空を閉じ込めたような青金石は、たしかに桜琳の色の白さを際立たせる。

そして、青金石自体も密《ひそ》やかに映える。

たしかに似合っている。より美しくなった自分を見ると心躍るようだ。こんな気持ちも久しぶりな気がする。

「胡徳妃様。本当にお美しいです」

侍女たちが声を揃《そろ》えたところで、桜琳は鏡台の椅子からゆっくりと立ちあがった。宝石を提案してくれた晶華に、なにか褒美でも与えたい。宝石の持つ意味や物語を知るとまた違った楽しさがある。ただ自分を飾るだけでなく、場面や気持ちに合わせるという選び方もあるのだな、もっと知りたいな、そんな風に思う。

宴が終わったら約束どおり茶会に誘おう。晶華と晧月、黄老師も呼んで和やかに。思えばしばらく晧月とゆっくり話す時間を取っていなかったかもしれない。

「青鈴。今度の茶会ね。晧月の好きな菓子をたくさん用意しようと思うの」

「胡徳妃様のお心遣い、晧月様も喜ばれるでしょう」

「幼い頃はあれもこれも好きだったなと思ったけれど、成長したいまはどんなものが好物かよく知らないのよ。胡桃の点心だったたか。青鈴、今度建学に聞いておいて」

「承知いたしました」

息子の好物は変わっただろうか。もしそうなら、変わったことも気づけなかった。そばにいないということは、見守れないということ。しかし、ここは後宮であの子は皇子。

自分に苦笑しながら、桜琳は紅透宮を出た。

宴の会場は後宮庭園の真ん中に位置する雅月池《がげついけ》の畔《ほとり》に作られた。この賀月池にはいろいろな逸話がある。失敗した侍女が重石《おもし》をつけて沈められたとか、暗殺に失敗した犯人が切り刻まれ投げ込まれたとか。皇帝の寵愛が薄れて悲観した妃嬪が身投げしたとか。嘘か本当かわからないが、幸せな話がひとつもないのはなぜなのだと思った。しかし、一説には危険だから近づくなという意味もあるらしい。庭園の花壇や万が一火災があったときのため池としての役目もあり、水を集めるために池の縁が斜めになっている。たしかにそうだ。入ったら簡単にあがってこれない形状で、水深も人間の大人がそこに足がつかないほどだと。

それも本当なのかしら。そんなに危険なら池の縁を作り替えればいいのに。危険な池の畔に、外舞台を作る神経がよくわからかない。

そういえば晶華が池の掃除をしているといっていたけれど、後宮庭園の掃除はさせないようにしよう。宝物殿前の小さな池だけでいいのだ。

桜琳たちが到着すると、先に着席していた徐賢妃と目が合った。隣には来儀もいる。こちらが目礼をすると、向こうも笑顔で返してくる。彼女は相変わらず細い体だ。徐賢妃たちのちょうど向かいに用意された席に座る。

徐賢妃は身籠っているときに、毒を盛られた。出産間近だったために母子ともに非常に危険だったそうだ。侍医の必死の治療で出産はできたらしい。しかし、それがもとで後遺症が残っていると聞く。気の毒だが、食べても太れないとか。もともと細身のうえにそうなっては加齢とともに体力も落ちるだろう。

それにしても、無事にこの世に産まれてくることができた来儀は強運の持ち主。ということになっている。それはそうだな。桜琳は納得する。徐賢妃も後遺症があるが寝込むでもなくこうして生きている。母は息子に語って聞かせていたのだ。

「母は逆境を乗り越えてあなたを産んだ。だから、あなたは選ばれた人間なのよ」

来儀本人も出生にまつわる話を知っている。そして、自分が特別だということを自覚している。産まれる前から天に選ばれた人間なのだと。皓月への態度で感じる。来儀は意地の悪い人物ではない。それはわかっている。幼い頃からふたりとも仲が良く、兄である来儀は皓月の面倒をよく見てくれた。後宮に身を置く女子として、そして皓月の母としての想いがいろいろと絡みあってしまい、皓月と来儀の兄弟愛を素直に見ていられなかった。

そんなことをぼんやりと考えていたら、皆の視線が一斉に正面の玉座に注がれる。桜琳も姿勢を正した。陛下が到着されたのだ。陛下は皆へ向かって手を振る。

「堅苦しい挨拶はなしにしよう。今日は皆、楽しむがいい。朕《ちん》もゆったり楽しみたい」

陛下の言葉で乾杯が終わるや否や、徐賢妃が来儀を伴って陛下のところへ向かった。

はいはい、なんでも自分が先ね。勇ましいことですこと。桜琳はその様子から目をそらして、酒を一口飲んだ。ふと見ると、いつの間に来たのか、隣に晧月が何食わぬ顔をして後ろに立っていた。誰か女子を連れているようだった。

「晧月。陛下よりも遅れるなどあってはなりませんよ」

「遅れていません。母上は玉座のほうを見ていたから気づかなかったんですよ」

「どうだか……女子の手など引いて」

晧月の後ろに立つ女子に視線を投げる。幾分にらみを利かせた。大事な息子に色仕掛けをしてくるのはどんな顔なのか。浅葱色の衣がよく似合い、可愛らしい顔をした女子だった。それにしても、衣に見覚えがある。

「私が見立てた衣……あれ？　もしかして」

よく見れば、晧月が手を引く女子は晶華だったのだ。

「胡徳妃様！　本日はおめでとうございます」

「もしかして、晶華なの？　そばへ来て」

「はい！　晶華です。今日はこのような場へお招きいただいて、上等な衣でお支度もしていただきました。ありがとうございます〜夢のようです」

「あなた、こんなに可愛らしかったのね！　あらあら、驚いた。ねぇ！　晧月！　見て晶華可愛いわ」

本当に晶華は見違えるほどに美しく、恥ずかしそうにする初々しい雰囲気がとても可愛らしい。

似ている。死んだ姉、花琳《かりん》に。

「磨けば光る原石だったのね。晶華は」

「そうですね。途中で会ったのですが、誰かわかりませんでした」

晧月は頬を上気させている。まんざらでもないらしい。そんな息子の様子も微笑ましい。

「手など引いて、晧月。あなたも隅に置けないわ」

「ち、違うのです。晶華が着慣れない衣で転びそうだというから、手を貸したままで……」

晧月は繋いでいた晶華の手をぱっと放し、自分の席に座る。べつにだめだとは言っていないのに。

「晶華の美しさに皓月も当てられちゃったわけね」

「とんでもございません、胡徳妃様！　わたしは美しくなどないです！　薄暗いからそう見えるだけで、鼻の下とか産毛すごいですもん」

「……剃《そ》りなさい。女子は身だしなみですよ」

なるほど。やはり女子は化ける。桜琳は嬉しくて仕方がなかった。晶華がこれほど美しいのであれば、徳妃管理の宝物殿がもっと注目されるだろう。

この子は手元に置く。決めた。

「皓月、陛下へご挨拶を」

「あとで行きます」

皓月はどうも父親である皇帝陛下への興味というか、愛情の欲し方が薄い。皇子の中で一番年下だからか、遠慮をする。だから、陛下ともあまり一緒の時間を過ごせずに成長してしまった。そのせいかもしれない。父親を尊敬していないわけではないのだろうが。自分が母親としてもっと……いや、やめよう。桜琳は首を振る。宴の席で暗い顔をしてはいけない。

いつの間にか徐賢妃が席に戻っている。フンと鼻で笑われた。うわの空だったのが気づかれたか。

徐賢妃が「陛下」と手を挙げた。陛下はその声のほうに顔を向ける。

「陛下、本日は胡徳妃が月琴と歌を披露されるのですよ」

「ああ、そうだったな。桜琳の歌を聞くのは久しぶりだ」

それは陛下が今年の春と夏の宴に参加されなかったから。自分はいつも歌を捧《ささ》げている。徐賢妃が「陛下がいらっしゃらないなら舞う意味がない」といっても。

私はいつも陛下を想って歌っている。

「胡徳妃の歌と月琴は後宮いち、いや輝峰いち。宴のはじまりに是非お願いしたいと思っているのですが」

桜琳は徐賢妃をゆっくりと見る。勝手なことを言い出すな。宴で披露されるものの順番が変わろうがなにしようが、さほど影響はない。だが、こんな風にあの女の指図で出て行かなければいけないのは癪《しゃく》に障る。空気を察してか、青鈴が月琴を持ってそばへ来た。

「徳妃様。お断りしては……？」

隣の晧月がそっと手を握ってくれる。見ると心配そうな顔をしている。

「そんな顔しないの。大丈夫よ。青鈴、月琴をちょうだい。……すぐやれるわ」

青鈴から月琴を受け取って立ちあがる。

あの女。まるでお抱えの楽師を使うかのようだ。

正二品以下の妃嬪たちが舞や演奏を披露してから我々にまわってくるはずだった。なのにいますぐやれと勝手に決めて。心の準備がままならなく失敗させようとしているに違いない。自分の舞の前に場を盛りあげておきたいらしい。徐賢妃のやり方に腹立たしさを覚えるが、ここでそれを露《あら》わにしたら興ざめだ。

やれというなら受けましょう。徐賢妃に見せるわけではない。皇帝陛下の輝峰国のために歌を捧げるのだ。醜い寵愛争いなど宴に持ち込みたくない。

後宮庭園の池を背景にした舞台に、静かに立つ。桜琳は晶華と一緒に選んだ耳飾りに触れた。

ここに願いを込めた幸運の宝石が、かんざしには愛情の宝石がある。

陛下に愛を。輝峰国に幸運を。歌と演奏に乗せて届けるだけだ。どんな形であっても、陛下はあの村で虐げられていた私の心を救ってくれた。いまは亡き姉の残したものも、全てを守ってくれた。

全部を私達の思う方向に導いていくためには、なんでもする。たとえそれが正しくない道であったとしてもだ。

桜琳は深呼吸をし、月琴の弦を弾く。そして夜空に向かい歌声を響かせた。

＊　＊　＊

秋花の宴が終わり、数日経った朝のこと。

今朝は少し冷えた。晴れてはいるが風邪などひかないように気をつけなくちゃならない。自分のことではない。主のことだ。

青鈴は胡徳妃に用事を言いつけられ、宝物殿へと急いでいた。後宮庭園を横目に後宮の門を抜ける。

胡徳妃がここ最近ずっと機嫌がいい。少し前まで浮かない顔をすることが多かったのに。楽しそうなのはいいことだ。なぜかというと、秋花の宴の夜、皇帝陛下に夜伽に召されたのだ。あのときの喜びようったらなかった。

十八になる皇子の母である胡徳妃はいまだ少女のようなところがある。自由奔放でおおらかな主のもとで、青鈴は萎縮することなく仕事ができる。徐賢妃のところの侍女たちなんて、笑顔もなく殺伐としている。徐賢妃が神経質だから。来儀様を身籠っている最中に毒を盛られたせいもあるだろう。毒を盛られたことは気の毒ではある。けれど、自分があそこの侍女じゃなくてよかったと思う。

さて。はやいところ用事を済ませてしまわねば。胡徳妃はひとりにされるのを嫌うから早く戻らないと。木々の間を抜けると、宝物殿が見えてきた。黄老師が外にいて、あたりを見まわしている。誰かを探しているようだ。様子を見ていると、桶を両手で抱えた女子がゆっくりと向こうから歩いて来た。

「晶華。気をつけて運びなさい」

「はい～老師様！」

水汲《く》みでもしたのだろうか。よたよたと黄老師のもとに向かっているが、歩みは牛より遅い。あと、きっと絶対なにかやらかしそうだ。青鈴はなぜか息を殺して木陰から見守っている。なんでこんなことをしているのだろう。自分の仕事をしなくては。晶華に用事があって来たのだから。青鈴がふたりのもとに行こうとしたときだった。晶華は見事に桶をひっくり返してしまった。予想どおりか。青鈴はまた木陰に身を隠す。声をかけそびれてしまっている。

「ひあー！」

「晶華、お前はもう……もういい。水汲みはわしがやる」

「申し訳ございません～！」

「そこはいいから、掃き掃除をする！　今日は都の商人たちが来るのだぞ」

はい！　と大きな返事をして晶華は箒を持ち出してきた。

見たところ、運動神経が壊滅しているのではないか。水汲みひとつできないのだろうか。あれでは妃嬪の侍女や宮女などは務まるまい。まぁ、あのような女子はそもそも後宮で働くのは向いていない。青鈴はよく気がつくところを買われて胡徳妃の侍女となったのだ。主が求めていること、なにをするかを予測し先回りして準備や支度、根回しをする。そして信頼を勝ち取っている。自分の才能でもあり、仕事に誇りを持っている。泥団子娘と渾名をつけられるどん臭い女子と違う。

なのに、胡徳妃はあの女子に興味津々だ。

秋花の宴では青鈴も驚いた。晶華はみずぼらしい泥団子娘から、名のとおり水晶のような女子に変身したのだから。皆が虜《とりこ》になっている。

胡徳妃だけではない。もとはといえば皇子の晧月様が。

「青鈴」

うしろから声をかけられた。振り向くと秋の澄んだ風のように爽やかな眼差《まなざ》しの青年が立っていた。

「建学様」

晧月様の側近で教育係。建学だ。

「なにをされているのですか？」

ずっと見られていたのだろうか。青鈴は熱を持つ頰を隠すように下を向いた。

「宝物殿に用事がありまして」

「胡徳妃様のご用事ですか？」

そうだと頷く。建学がここにいるということは、晧月のお供だろうか。視線を動かすと「私ひとりですよ」と心を見透かされた。

「黄老師お忙しそうなので。声をかける時期をみていました」

「泥団子に用事なのではないですか？」

青鈴は思わず建学を見る。この人は綺麗な顔をしているだけではない。誰もが知っている。胡徳妃によく似た美形の晧月と並んで歩いていると、女子たちはため息を漏らす。青鈴の目はいつしか建学のことを追っているのだ。その気持ちの正体に気づくのに時間はかからなかった。

「……建学様」

「秋花の宴の晩、胡徳妃様が夜伽に召されたそうですね」

「ご存じですか」

「徳妃様は晶華に褒美でも？」

それもあるだろう。宝物殿で耳飾りとかんざしを選んだときに、徳妃自身が「茶会をやるから来て」と言っていたのだ。宴の装い選びだけではなく、皇帝陛下の夜伽までついてきた。

今宵はひと際美しいな、桜琳。その青い耳飾り、とてもよく似合う。そう言って陛下は手を取ってくださったのよ。

かんざしに揺れる蛋白石と同じ撫子色に頰を染めて、胡徳妃はため息をついた。また皇帝陛下の寵愛が深まったのだから、侍女としては嬉しい。

「そのことで後宮の女子たちのあいだでまことしやかに噂が立っています。建学様、ご存じですか？」

「なんですか？」

「宝物殿にいる晶華に宝石を見立ててもらうと、願いが叶う」

「……ただの石ころにそんな力があるわけがない」

「私もそう思います、建学様」

「そんなものに傾倒してはいけない。かつて石ころに力があるとのたまい、滅ぼされた民族を忘れたのだろうか」

建学の言葉に、青鈴は頷いた。

「石で願いは叶わない。自分次第です。百歩譲ってなにか不思議な力が宝石にあったとしても、それを判別する力が人間にあるわけがない。桶で水汲みすらできない女子に、そんな能力があるわけがない」

未来は自分の力で切り開くべき。独り言のように言うと、青鈴は唇を噛んだ。

「宴から半月。あれからずっと、三日と置かずに胡徳妃様は夜伽に召される。紅透宮で陛下が休まれることも増えた。やはり皇帝陛下のご寵愛が一番高い。まさに輝峰の薔薇ですね」

「ええ。お幸せそうでなによりです」

「あなたも鼻が高いでしょう、青鈴」

遠回しに聞き出したいのだろう。青鈴は隠す必要もないと思い、建学に向き直る。

「五日後、胡徳妃様が茶会を開くので晶華も来るようにと。そのことを伝えに来たのです」

「そうですか。茶会の知らせはこちらにまだ来ていませんが」

「……おそらくべつの者がお伝えに行くのかと」

「青鈴、あなたは胡徳妃の侍女頭ですよね？　皇子よりも宝物殿の泥団子に先に声をかけるのですね」

そんなことを言われても、自分は胡徳妃の指示に従ったまでだ。母から直々に息子を招待するのではないだろうか。そうは思っても建学に言えなかった。

「ああ。すみません。あなたに言っても仕方ありませんね」

「……いいえ」

建学がこんな風に刺々《とげとげ》しく、しかも八つ当たりのようなことをするなんて、だいぶ機嫌を損ねている。切れ者と言われ泰然自若な建学がこのようになるなんて。先ほどから名を呼ばずに泥団子、泥団子と。皇子が晶華に興味を示しているのがよほど気に入らないのだろう。

「私は皇子殿下をお守りする役目がありますから」

「建学様は皇子殿下に忠実でいらっしゃる。素晴らしいことだと思います」

そう伝えると、建学は青鈴の頬に触れてきた。心臓が口から飛び出てしまいそうだ。

「ありがとう。青鈴、あなたもだ」

手が離れても火がついたように頬が熱い。

「風が冷たくなりました。建学様、風邪など召されませんよう」

青鈴は逃げるようにしてその場を立ち去った。そして真《ま》っ直《す》ぐに宝物殿へと向かう。建学と話をできたのは嬉しい出来事だが、はやく自分の持ち場に戻らなければ。

桶を持って歩いていた黄老師が、歩み寄る青鈴に気がついた。彼はよそ見した拍子に、石畳に躓《つまず》く。手を差し伸べようとしたが遅かった。桶が盛大にひっくり返って水をぶちまけてしまった。

「あ、老師……」

「黄老師様ー！」

そこへ駆け寄ってきたのは晶華だった。目にかかるほど長い前髪が鬱陶しい。あの日の美しい装いを解いてしまえばこのような地味な女子なのだ。

彼女はこちらに気づいて足を止めた。

「あ。青鈴様。こんにちは……」

気安く声をかけないでほしい。青鈴は晶華の挨拶を無視し、眉間に皺を寄せて晶華を見おろした。この娘、なんだか腹が立つ。

「いてて……誰か手を貸してくださらんか」

そうだった。黄老師が転んでいるのだった。晶華とともに老師に手を貸して助け起こす。老師は服に着いた埃《ほこり》を払いながら苦笑している。

「老師様ぁ、大丈夫ですか……あまり無理をなさっては……この間も膝が痛いとおっしゃっていたし」

「膝はもう痛くない！　老人扱いするでない。わしだって水汲みくらいできる」

黄老師と晶華の様子は、さながら祖父と孫といった感じである。このふたりでは、いつまでたっても水を汲んでこられないのではないだろうか。自分が行って……いや、なにを考えているのだ。青鈴は頭を振った。

「こんにちは、青鈴。なにか用事でもおありかのう？」

黄老師の呼びかけに、青鈴は居住まいを正した。自分の仕事をしなければ。

「はい。黄老師と晶華にお話がございます」

晶華は不思議がり、黄老師はなにか気づいたようだった。

「そうか。では、水汲みはあとでしよう」

「黄老師様がですか？　大丈夫ですか？　あとでわたしが行きますよぅ」

「晶華、水汲みの話はあとでいい。青鈴の用事というのが先じゃ」

はぁいと、晶華は小さな返事をした。もじもじとしながら青鈴を見ている。

「青鈴、奥で話を聞きましょうか」

「いいえ。ここで結構です。胡徳妃様から伝言をお預かりしております」

そう言うと今度は黄老師が居住まいを正す。

「あの……わたし……わ、わたしも聞いてよろしいのですか？　胡徳妃様のご伝言を！　黄老師様だけでなく！」

急に大声を出されたので驚いてしまう。なんなのだ、この女子は。

「声が大きい！　そんなに大声を出さなくても聞こえています。それにお二人に話があるのだと言ったではないですか。きちんとひとの話を聞きなさい」

「す、すみません……先日、声が小さいと建学様に叱られてしまったものですから」

「建学様？」

その名を聞いて頭がカッと熱くなる。気安く建学の名を口にしないでほしい。そしてなぜか晶華は頬を赤らめながら青鈴を見ている。

「なによ。私の顔になにかついている？」

先ほど建学が触れたほうの頬に手を当ててみる。

「いいえ……青鈴様もお美しいなぁって思って……濃い色の宝石が合うのじゃないかなぁって。緑色とか、ふふ……」

「そ、そうかしら？」

美しいと言われて嬉しくないわけではない。緑色が似合うのだろうか。今度手持ちのもので緑色を探してみよう。

　いや、いまはそれどころではない。晶華の視線に気づく。濃く長い睫毛に囲まれた大きな目がギラギラしていて、結いあげた髪の先から足までを舐めまわすように見てくる。

「結構よ。勝手に想像しないでちょうだい。こっち見ないで」

　晶華が胡徳妃になにか害を及ぼすことはないと思う。しかし、晧月となにか間違いがあっては胡徳妃が悲しむだろう。

　建学だって気が気ではないだろう。建学が地位や大事なものを守るために自分を利用したいのなら、すればいいと思う。青鈴が自分に気があることをわかっていて、あのように触れたりするのだから。

　胡徳妃も建学も望むことならば、青鈴は自分の手を汚すことは厭わない。

「黄老師様、晶華。胡徳妃様から伝言があります」

「なんでしょう……わたしなにか失敗しましたかね！　このあいだの衣に汚れがついていたとか？　うわーどうしましょう。青鈴様、わたしここから追い出されますかね？」

「うるっさいわね。ちょっと黙っていて。話が進まないでしょう！」

まだなにも言っていないのに晶華は涙目だ。鬱陶しい。しっかりしてはどうなのだ。こんなことでは馬鹿にされてしまう。

「なんだってそんなにおどおどしているの？　晶華。あなたは失敗の心当たりでもあるの？」

「いや、ないです」

「ないのならもっと堂々としていたらどうなの？　建学様にも言われたのでしょう。声が小さいのは猫背だからよ。背筋を伸ばしてもっと凛《りん》と、堂々としてなくてはだめ。目線は上に。あなた前髪を切ったらどう？　秋花の宴ではあんなに美しかったのに。きちんとしていたら名のとおり水晶のように輝くのに、下ばかり見ていても……」

ふと気がついて、青鈴は口をつぐむ。なぜ晶華を励ましているのだろう。調子が狂う。

「いや、なんでもないわ」

いつも冷静に対応している自分が、こんな女子に狂わされるなんてあってはならない。

「あなたに女子の在り方を説きに来たわけではないのよ……徳妃様から伝言です」

「は、はい……」

「五日後の昼餉のあと、徳妃様が茶会をします。お二人で参加してほしいとのこと」

　黄老師は感謝の様子でいるが、晶華は反応がない。嬉しくないのだろうか。ぼーっとあらぬ方向を見ている。まぁいい。伝えたのだから自分の仕事はここまでだ。ああ、当日誰かを迎えにやらなければならないか。ふたりとも勝手に紅透宮に入って来られないだろうから。

「伝えましたから。ではわたしはこれで。当日は迎えの者をよこします」

「徳妃様の茶会！　本当ですか！」

「反応が遅いわよ！　ちゃんと人の話を聞きなさい」

「だって、びっくりしました！　わたしどものような者が胡徳妃様の茶会に呼んでいただけるなんて」

「おい晶華。わたしどもとはなんだ。わしも呼ばれているのだが」

「はっ、すみません老師。つい」

「食うに困る生活をしていたお主の面倒を見ているというのに、この言われよう。わしは悲しい」

「ああ～ごめんなさい、老師！」

なんなのだろうこのふたりは。くだらないので放置して帰ってしまおうと思ったが、そうもいかない。ただ茶会への招待を伝えるだけで帰ろうと思っていたのに。なんだか通り雨にあってしまったような感じだ。青鈴はため息をついた。そんな青鈴をよそに、晶華は遠くを見ている。

「うわぁ、どうしよう上等な衣がない。着るものがない……」

上等なものを着たところで、お前の薄気味悪い泥団子な姿は美しくならないのだが。くだらない悩みに青鈴はまたため息をついてしまう。体からなんだか幸せが抜けていくような気がする。よそう。

「着るもので判断するような胡徳妃様ではないわ。泥だらけで来ないようにだけしなさい」

言っていてはっとする。胡徳妃はたしかに見た目だけで判断するような人ではない。それなのに、自分はどうなのだ。

「そうですね！　青鈴様。お美しいだけじゃなくお優しい……ありがとうございます！」

前髪のあいだから覗く黒目がちの瞳は、真っ直ぐにこちらを見ている。青鈴も晶華をじっと見た。すると、頰を赤らめて頰に両手を当てている。

心の中であなたを馬鹿にしたのよ。それなのに感謝するの？　口に出さなければ伝わらないけれど、こちらの態度に出ただろうし。

青鈴は目をそらした。こんな気持ちになるなんて。この晶華という娘は苦手だ。心が揺れて普通じゃいられなくなる。いままでの日常が変わる。そんなのは困る。胡徳妃のそばで穏やかに暮らして、ときどきは建学様と……。

なんとかしなくては。自分の立場を守るために。

青鈴は宝物殿に背を向けて、足早に立ち去る。晶華のあの視線は居心地が悪い。

＊　＊　＊

甘いものは餡入りちまき、月餅、ごま団子。しょっぱいものは肉饅頭、漬物。

母の好きなものを用意するのが楽しい。晧月は品書きを見ながら、足りない物がないか確認をした。茶会用の食べ物はすでに紅透宮に届けさせてある。

「建学も一緒だと、もっと楽しいんだがな」

「私は招待されていませんので。しかし、隣室に控えておりますので御用の際にはお声がけください」

主を思う言葉は優しいが、思いっきり目がすわっている。建学はここ数日すこぶる機嫌が悪い。

「ねぇ建学。あまり晶華を嫌わないでやってよ」

「嫌ってなどいません。目障りなだけです」

「同じじゃないか……」

皓月が宝物殿へ顔を出すようになってから、建学がへそを曲げているのはわかっている。はじめのうちこそ宦官服でうろうろすることにもなにもいわずに同行してくれたものの、やんわり行くのをやめるよう言われるようになった。建学はなにか誤解をしている。べつに晶華だけに会いに行っているわけではないというのに。説明してもわかってくれない。

「晶華はよき友人だよ。建学は余計なことを心配しすぎだ」

「もう少し品のよい、身分相応でご自分に有益な方を友人にお選びくださいませ」

身分なんてどうでもいいじゃないか。建学は頭が硬い。

今日は母の胡徳妃主催の茶会が開かれる。宝物殿管理の黄老師と晶華が招待されているのだ。老師はいいとして、晶華がいるのが気に食わないのだ。

宝石を前にした晶華は、最初は気味が悪かった。話しかけたり褒めたたえたり、食べてしまうんじゃないだろうかと思うほど顔を近づけている。見つめるのが仕事だと思ってしまう。たいがいはそこで「さぼるんじゃない」と老師に叱られているのだが。晶華は、ただただ真剣なのだ。

晶華の知識は後宮の女子たちにとって目新しく、興味をそそられるようだ。母のことがあって一気に晶華の存在が知れ、そして宝物殿の立ち位置が変わったようだった。

母は秋花の宴の晩、皇帝の夜伽に召された。「耳飾りがよく似合う。なんだか初めて会った日を思い出すな」などと言われたとか言われないとか。どっちでもいいが。そこから立て続けに半月のあいだ三日と置かずに夜伽の声がかかるのだ。

だから母はすこぶる機嫌がいい。嬉しそうな彼女を見ているのは息子としても気持ちがいいものだ。宝物殿で耳飾りとかんざしを選ぶ。その場に晶華がいた。ただそれだけのことだが、きっかけとなったことは間違いない。

宝石になにか人智《じんち》の及ばない力があるとは思わない。けれど、理解はできる。男子であれば、たとえば剣ならばどうだろう。「この剣は古代ひとりの戦士が振るい、ひとりで千の兵を薙《な》ぎ払った」という物語を持っていたとしよう。柄《つか》を握ればきっと体に力が満ちるように感じるだろうし、自分もその戦士の力を得ているかのように思う。そういうことなのだなと、宝物殿に通ううちに思うようになった。晶華はそのちょっとしたきっかけを作ったのだ。

晶華にお礼がしたいのよ、という母の気持ちはわかる。なので自分も賛成したのだった。

不機嫌な建学のことは仕方ない。ぶつぶつ言いながらも紅透宮に同行してくれる。建学はなにを心配しているのかいまいち理解に苦しむ。

晧月は後宮敷地へと入る門を通って、母のいる紅透宮を目指した。秋花の宴が終わった後宮庭園は、草木の色が変わってきている。庭師が枯葉の始末をしていた。冬には宴は行われないので、晩秋まで咲いている花が終われば春までは寂しい景色になるかもしれない。

紅透宮へ到着すると、侍女たちが出迎えてくれた。入口には真鍮《しんちゅう》の鳥籠が吊《つ》るされている。玄関から中へ入ると、両側には見事な鳳凰《ほうおう》が描かれた大きな陶器の花瓶が置かれ、花が活《い》けられている。庭園から摘んできたのだろうか。料理のいい香りが漂っている。今日は暖かいので戸を開けているのだろう、帷幕《いばく》が風をはらみ、形を変えている。つるし提灯や毬《まり》を繋げた深紅の結び飾りも揺れている。金糸の織物がかかる長椅子は母のお気に入りだ。賀月森山の風景画が彫られた衝立があり、その向こうの部屋から笑い声が聞こえる。もう皆来ているのかもしれない。茶会は紅透宮の一番広い部屋で行われているらしい。案内の侍女が扉を開くと、思ったとおり晧月以外は着席していた。

「母上。遅くなりました」

「いらっしゃい晧月。老師と晶華が早く来ていただけなのよ」

黄老師が立ちあがり拱手し、その隣には当たり前だが晶華もいる。建学のことが気になったが、そういえばこの部屋には入らないのだった。

「さあさ、座って。今日は楽しく過ごしましょう」

母は青金石の耳飾りをつけていた。深い青色の宝石はまるで夜空を吸い込んだようで、たしかにとても似合っている。気に入ったものをつけて嬉しそうにしている人というのは、こんなに豊かな表情をするのだな。くそつまらないと浮かない顔をしていた少し前の母とは違う。

円卓を囲み四つの座椅子が並んでいる。空いているひとつに晧月は腰をおろした。右手に母、左に晶華が座っている。正面には黄老師だ。円卓の上には晧月が届けさせた料理が並んでいる。白磁器の茶器を載せた盆が運ばれてきて、茶が淹《い》れられる。

琥珀《こはく》色の茶が注《つ》がれた茶碗《ちゃわん》を、侍女の青鈴が晧月の前に出した。続いて黄老師と晶華の前にも出された。

「胡徳妃様、本日はお招きいただき感謝いたします」

「ねぇ黄老師、そんなにあらたまって硬くならないで。今日は私も息抜きをしたいのよ。私がまだ徳妃に封じられる前にはよく月琴のお話で盛り上がったじゃない？あの頃みたいに楽しくやりましょう」

「……胡徳妃様がそうおっしゃるなら。懐かしいですな。わしの母が月琴の名手だった噂を聞きつけて、音がどう違うのか聞いてくれとおっしゃって」

「老師の母上が存命だったらご教授願いたかったわ」

「わしの耳はさほど役に立ちませんでしたが」

黄老師がふっと表情を緩める。徳妃となってからは身分も高くなり、気軽に話をすることもなかったのだろう。

「徳妃様はお忙しいでしょうからな」

「そうなの。最近はとみに陛下のお声がかかるから、他の妃嬪からの視線が苦しいのよ」

内緒話をするように口元に手を添えている。

「なにかいやがらせでもあったのですか？　母上」

皓月が心配していうと「まさか」と母は笑う。

「そうじゃないわ。晶華のことよ」

晶華の名が出たので皆の視線が移動する。口のまわりにごま餡をつけた晶華がぽかんとしている。その姿を見て、母が笑いながら手巾で晶華の口を拭ってやった。まるで自分の子供だ。

「わ、わたし！　なにかしてしまったのでしょうか……」

「してくれたからよ。もう本当に大変よ。ほかの妃嬪たちだけじゃなく、侍女たちまで晶華のことを言っているわ」

皓月にはこの話題の意味がわかっているので驚かないが、晶華が真っ青になっている。ごま団子を持つ手も震えてしまって、かわいそうではないか。母も意地が悪い。

「母上。晶華の呼吸が止まっている」

「あらごめんなさいね。そんな顔しないで。皆は晶華にね、自分に合う宝石を選んでほしいんですって」

黄老師も少々驚いている様子なので、耳に入らなかったのだろうか。

「わたしに、ほ、宝石をですか……？」

真っ青だった晶華の頬に赤みがさしていく。生き返ったようでよかった。

「ほほう。胡徳妃様の一件で自分たちもあやかりたいと思っているのですな」

「そうみたい。陛下は青金石の耳飾りをつけているそなたがいいっていうのよ。まぁ私はもともと美しいのだけれど、ますます魅力的になったってことね」

誰も否定しない。実際、皇帝の寵愛はここのところずっと母に注がれている。

「晶華、よいことをしたな。宝物殿にある宝飾品が使われていくことはわしにとっても喜ばしいことじゃ。胡徳妃様のおかげです」

「そうそう。で、私に断りを得ないといけないと噂が立っているようで。たしかに宝物殿は徳妃管理ではあるけれど、あそこで宝飾品を選ぶことは禁じていないのにね。禄《ろく》から天引きでもいいのだし」

「どこでそんな話になったのですかな」

「わからないわ。皆、情報をごっちゃにしているのよ」

いま一番の寵愛を受けている胡徳妃に遠慮しているのだろうな。そんな気がしないでもない。

しかしこれからは、もし宝物殿のことを誰かに聞かれたら、いつでも誰でも行けると話してやろう。

「黄老師もなにか聞かれたら、徳妃の制限はかかっていないと話してちょうだいね」

「承知いたしました」

人の噂というのは面白いものだな。自分もいつか晶華になにか選んでもらおうか。親指用の指輪とか。

晶華は褒められて嬉しいのか、再びごま団子にかぶりつく。

「う、嬉しいです……青金石の耳飾りに胡徳妃の愛の物語が伴ったのですね」

「晶華がよく言っている、宝石の物語だな」

頷いた晶華は、母の耳に揺れる青金石の耳飾りをうっとりと見ている。

「晶華は宝物殿でもここにいても、いつも宝石のことしか考えていないのだな。夢中になれるものがあるなんて、羨ましい」

「そ、そんなことないです……」

照れているのか、ごま団子を口に詰め込んでうつむいてしまった。

「晧月ったら、晶華を気に入ったのね？」

思いもよらぬことを母に言われ、晧月は面食らう。

「母上？」

「こんなに可愛いのですもの、気持ちはわかるわ。可愛いだけじゃなくて聡明なの」

「そ、そうですが……気に入っているわけでは……」

「いいのよ。私も晶華が可愛くて仕方がないのよ。可愛い。本当に可愛い。ごまくっつけていても可愛い」

「は、母上？」

なにか悪いものでも食べたのだろうか。自分以外の女子を可愛い可愛いと愛でるなんて。

「まずなにより、私の美しさを理解している。そして働き者で一生懸命で、宝石のことをずっと考えていて真っ直ぐだもの」

なるほど。秋花の宴の一件で、母は晶華に心底惚《ほ》れ込んだということか。

「たしかに宴の支度をした晶華は見違えましたね」

「でしょう？　だからね、いいのよ。晧月が晶華をお気に入りにしたいなら、私は反対しないわ」

「なに、なにがですか……？　ははうえ……」

「なきにしもあらずよね？　あなたも男子です。それに輝峰国の皇子なのですから、いいのですよ？」

なにがなきにしもあらずなのか、よくわからない。

晶華は母と晧月のあいだでずっとごま団子を貪り食っている。

「晶華は真っ直ぐで一生懸命だ。認めます」

宝物殿で働きたい夢もある。夢はもう叶っているのではないだろうか。

晧月は少しだけ心が痛んだ。自分にはなにもないからだ。

「とにかく、宝物殿の晶華が噂されることで、女子たちが殺到しちゃうんじゃないかしらね。晶華、忙しくなるかもよ」

「わしも忙しくなりますな。晶華のせいでほかの女子が寵愛を受けるようになったら、胡徳妃様が困らないとよいのですが？」

「そのときは宝物殿を立ち入り禁止にするまでよ！　晶華はそばに置きますけれどっ」

「それは困りますなぁ」

冗談よと言いながら笑う母と一緒に、皆も笑顔になった。

「ああほら、口のまわりをこんなに汚して」

母は再び晶華の口についたごま餡を拭ってやっている。いったい彼女は何個のごま団子を食べているのだろうか。腹を壊さないだろうか。

「晶華を見ていると思い出すわ」

「なにをです？　母上」

ふっと寂しそうな顔をした母が心配で、皓月はその細い肩に手を置いた。

「姉のことよ。雰囲気が似ているわ。可愛らしくて、こんなふうに小柄でね」

「……病気で亡くなったのですよね」

「そうね、皓月。会ったことがないのに偲《しの》んでくれる、優しい子だわ」

母は皓月の頬を優しく撫でてくれる。幼い頃によくこうしてくれた。いまは人前でされると恥ずかしいものだけれど。

「姉は体が弱く小柄で、よく私が姉と間違えられる姉妹だったのよ」

母には姉がいた。皓月の伯母にあたる。母が後宮入りしてほどなく亡くなったという。皓月が生まれる前の話だ。

「当時の北湖国《ほっここく》にあった私の村は本当に貧しかったのよ。北湖王が横暴で独自の徴税を課していた。民衆から搾取を続けて、従わないと処刑する。恐怖でねじ伏せて……本当に生活が苦しかった。病気がちの姉を医者に診せることもできなかった」

「月琴のお稽古のときに、その頃のお話を徳妃様がよく聞かせてくださいましたな」

「そうね。陛下が罰してくれなかったら、もっとたくさんの人が亡くなっていたでしょう。あんな場所なくなってよかったんだわ」

北湖国は現在存在しない。故郷がなくなったというのに、母はよかったと言う。たまにしか語られない母の生い立ち話は、皓月にとっては興味深かった。皇帝の武勇伝であり、美しい愛の話でもあるから。

「その時に母上は父上に恋をして、追いかけてきたのですよね。皇宮まで」

「半分は正しいから、もうそれでいいわ」

「間違いがあれば正せばいいのにと言っても母上はいつもそうです。実は父上に追いかけられたのかな」

「なんだっていいのよ。いまこうして生きているから。噂なんて勝手に言わせておけばいいの」

誘導尋問をしてもかわされる。

黄老師には話しても息子には言いたくないのか、あまり詳しくは知らない。想像以上の苦しみもあっただろう。母の両親がどうなったのかも詳しくは知らない。既に亡くなっているとしか。

「母上は、陛下は命の恩人だと常々言っておられるから」

「本当よ。あの生活から救ってくださった。皇帝陛下へ尽くすと決めたから、私はすぐに後宮に来たのよ」

「姉上もご存命でしたな。おふたりとても仲がよい姉妹でした」

「ありがとう、黄老師」

「母上の侍女として、伯母上は後宮へ来たのでしたね」

「そうよ、晧月。北湖の乱で夫が命を落とした姉は未亡人となったの。私の侍女として伴えたのだって陛下の恩情です。本当に感謝しかないわ」

もともと体が弱いうえ、慣れない後宮での生活で病も悪化していったと聞く。

「私が男で戦えたならね、北湖王なんて放っておかなかったわ。私も力が欲しかった。北湖王は巨漢の馬鹿力で、剣を振りまわし、兵を馬ごと斬っちゃうのよ。あの横暴で女好きで野蛮な、熊みたいな、でっかいばかりで考えの足りない暴力的な北湖王。燃えカスみたいな髪の毛をむしって、内臓を引きずり出してから賀月森山の滝に落とし」

「母上、口が悪いですよ」

皓月は苦笑する。まるで歌をうたうように悪口を並べ立てる母を、そっと止めた。晶華はべつとして、黄老師は母のことをわかっているので取り繕うこともないのだが。しかし、どれだけ憎たらしいというのか。

「あら失礼。でもいま幸せだから、死んだ花琳姉さんのぶんも生きるのよ。皓月もいるし。晶華は可愛いし」

ね、と母が微笑む。この母を守るために自分ができることはなんだろう。母が苦労の末に産んだ、皇帝の子である自分ができることは。

考え過ぎてまた鼻血を出さないようにしなければ。

「ぶえっへ！」

突然奇声があがった。晶華が咳《せ》きこんでいる。黄老師が茶を持たせて背中をさすっているので、どうやらごま団子を喉に詰まらせてしまったらしい。

「大丈夫かい、晶華……急いで食べるからだぞ」

「お見苦しいところを……大丈夫です。皓月様、ありがとうございます……ううう、苦しかった！」

「まだたくさんあるのだから、ゆっくり食べなさい」

青鈴を呼んで、茶のおかわりとごま団子を追加するように伝える。さっきからごま団子ばかり食べているので、晶華はこれが好物なのかもしれない。

「腹が空《す》いているのか？　晶華」

そう聞くと、晶華が恥ずかしそうに頷く。

「しゅ、しゅみません。朝餉を食べ損ねたもので」

「晶華、またなのか」

黄老師はそう言ったあとに口をつぐんだ。母はなにも言わないが、茶を飲む手を止めた。黄老師の言葉にはなにか含まれていると感じ、晧月の中に知りたい欲が広がった。なんとなく流してしまえば知らずに済むのかもしれないが。

「またかとは？　どういうことですか？　黄老師」

余計なことを言ってしまったと思ったのか、黄老師は言い淀《よど》んでいる。晧月がじっと見ていると、渋々と口を開いた。

「後宮から壁で隔てられ、仕える主がおらず宮にも属さない侍女や宮女たちが暮らす舎殿と、下女たちが暮らす舎殿がございますが、食堂が同じです。そこで晶華はときどき食べさせて貰えないようでして」

なんだ、それは。皇帝陛下を中心に、皇宮に従事する全員がひもじい思いをしないよう食料管理はしっかり行われているはずなのに。

「人数に対して食料が足りないのだろうか」

「いいえ。そんなことはありません。甘味があまったからもらったなどと女官たちが世間話をしているのを昨日聞きました。晶華は……意地悪をされておるのですよ」

晶華はなぜかばつの悪そうな顔をしている。母は青鈴が追加で持って来たごま団子を晶華の前に差し出した。

「なによ、それ。こんなに可愛い晶華にいじわるするなんて、滅びればいいのだわ。ほわ、肉饅頭もあるわ。食べていいのよ……晶華、もしかして私のことでいじめられているの？」

「違います。胡徳妃様には迷惑はかけません。お願いです。どうかお心を苦しめないでください」

そんなことを言っても母は心配するだろう。泥団子なのに徳妃のお気に入り。皆の反感を買い、飯抜きというやがらせにあっているのだ。

黄老師は「晶華」と呼びかける。

「なぜ黙っていた。宝物殿に来たならわしが食べさせてやるといっておるだろう」

「それを食べたら誰かの食事がなくなる気がしたもので。わ、わたしだけ特別なのも……その、違うと思いまして」

「そんな心配をせずともなくなることはないぞ。特別ではないしお前がほかと違うことなんてないだろう。皇宮後宮で身分は違えど食事は平等と陛下が決めてくださっている。お前にいやがらせをする者たちは、陛下へ背いていることになるのだ」

そのとおりなのだ。晶華を妬んでいるのだとしたら、きっと同部屋などの下働き女じゃないだろうか。

「朝餉だけ食べられなかったのか？　きちんと言いなさい。ここには我らしかいない。食べようとして取られたり、蹴飛ばされたりするのだと言っていたではないか」

もう黙っていても仕方がないと思ったのか、黄老師はわざと晶華がなにをされているのか言っているような気がする。聞くほど酷いと思う。晧月は親指を噛んだ。

「……う……昨夜の夕餉も食べられませんでした」

晶華が呟《つぶや》く。もうすぐ日が傾いてくる時間だというのに。昨夜から食べてないということではないか。

「お腹《なか》が空いて眠れなくて、宝物殿に行ったんです。よい月夜だったので、宝石たちを浄化して、あ、あと新しく入った瑪瑙《めのう》を磨いていました！　輪切りになったような割れ方をしていて、どうしても肉を思い出してしまい涎《よだれ》が止まらなかったんですよ」

へらへらと晶華が笑うので、皓月は腹が立った。

「笑っている場合か。そんな無理をしていては体を壊すぞ」

「いいんです。このような茶会も経験できていますし。ごま団子むちゃくちゃ美味しいですぅ」

なんとも前向きというかなんというか。苦笑する三人をよそに、当の本人はモホモホとなにか聞き取れない言葉を話しながら、団子を貪り食っている。

母が小さくため息をつき、そして「あのね」と話し始めた。

「お手柄だった晶華に、紅花染めの衣を仕立ててあげようと思っていたのよ。あなた、着飾るととても美しいんですもの。自分で気づいている？」

「や、いや。美しくはないと……思います……」

「これだもの……でもね、やめるわ。この様子じゃ衣が八つ裂きになりそうだから。いやじゃない？　せっかく贈るのにそんなのって」

「たしかに」

皓月は母に賛同した。

「ほんっとに底意地悪いわ。自分より弱い立場の者がなにか得をすると陰湿ないじめをするのよ。なんなのかしらね、晶華だって笑っていられないわよ。これから先なにされるかわかったもんじゃないわ」

「こ、怖いです」

「この可愛い顔に怪我とかしなきゃいいけれど。注意なさい」

怪我と聞いて、晶華が震えあがっている。

「脅かすわけじゃないのよ。晶華は政や跡目争い、皇帝の寵愛争いにも属さないから、そんなにひどい目にはあわないと思うけれど。まぁ、皇宮と後宮に出入りをするのだから、いやがらせは当たり前と思っていたほうがいいかもしれないわ」

「わたし、ここへ来るときに既に泥だらけでしたので、多少のことは耐えられますが」

母と晶華が「それもそうね」と顔を合わせて笑っている。

「ねぇ、黄老師。私いいことを思いついたのよ。紅透宮隣接の侍女たちの住まいに晶華を住まわせたらどうかしら」

「ほ。そのようなこと、できますでしょうか？」

「あら、宝物殿は徳妃管理下だもの、宝物殿で働く女子を徳妃付侍女の住まいに移すのはおかしくないでしょう？　いいわよね。もう決めた。晶華はそばに置きます」

「はは、たしかに……ですが陛下がなんとおっしゃるか」

「陛下には好きにしなさいって言われているから気にしなくていいわ。女子ひとり動かすのに、なにも影響ありません」

たしかにそうだ。重要人物ならまだしも、晶華ひとり寝床を移動したからといって皇宮や後宮全体にさして影響はない。きっぱりと言う母は頼もしかった。

「わたしの侍女たちにはいつも、品のないことをしたらぶっ飛ばすっていってあるし、晶華も下女の舎殿にいるよりも平和でしょう。あっちの雑魚寝よりは暮らしやすいだろうし。紅透宮から宝物殿に通えばいいのよ。いまの舎殿よりも宝物殿へ近くなるでしょう」

紅透宮侍女たちの住まいに移ってしまえば、少なくとも食事が食べられないことはない気がする。

「俺も母上のご機嫌伺のついでに、晶華と茶飲みもできるな」

「ほら、晶華は皇子のお気に入りなわけだし。だから、おいそれといじめられないわよ」

「いや……俺のお気に入りではないですが」

ほほほと笑う母の前で、当の晶華は頬を赤らめている。

「わぁどうしましょう……身に余る光栄です……っ」

「いきなりだとあなたも困るでしょうから……そうね」

母は頬に手を当てて、ちょっと考えている。

「……一か月のあいだに黄老師の補佐として、正式に宝物殿配属の件を奏上します。そのあと晶華を紅透宮へ呼ぶことにするわ。宮女たちに準備をさせます」

黄老師は「徳妃様の仰せのままに」と拱手する。話はまとまった。

「晶華や。胡徳妃様に感謝しなさい。わしも、お前が食事を抜かれているのではないかと心配せずともよくなる。ぜひありがたくお受けしなさい」

「わたしっ！　もうっどうしましょうっ？　ありがたいです！」

「だがこの一か月のあいだ、また食事を抜かれたり耐えがたいいやがらせを受けたりしたなら、すぐにわしに言うのだぞ」

胡徳妃の侍女たちの住まいに移ることは、きっと知れ渡るに違いない。そうすればまたどんなことをされるかわからない。

「晶華、黄老師の言うとおりだよ。黙っている必要はないんだ。泥団子娘と呼ばれていたときも、抗議をしろといったのに」

怒られたと思ったのか、晶華は肩を落とす。強く言い過ぎただろうか。

「ご、ごめん。嫌なことをされたのは晶華のほうだったね」

「いいんです。大丈夫です。皓月様が心配なさることではありません」

「しかし、もっと抵抗するか文句を言うか、なにかしら反応をしたほうがいいんじゃないか」

黄老師も同意して「困ったものだ」と腕組みをする。母も心配そうにしている。なぜ黙って受けているだけなのだろう。嫌だと声をあげないのだろう。不思議でたまらない。

晶華は黙ったまま、追加で来たごま団子をひとつ手にしてかぶりついた。皿にもう一つ載せてやる。昨夜から食べていないなんて、もうなにも気にせずいくらでも食べればいい。余ったものを持って帰ってもいい。不憫でならない。

「抵抗とか……そんな労力を使うのが無駄だと思って」

「どういう意味だ？」

皓月が聞くと、晶華は顔をあげて茶を飲む。

「わたしは生きているだけです。なにも悪いことはしていないです。いじめたり理由もなく暴力を振るったりする人間のほうが悪いです」

「そ、そのとおりだが」

不憫でならないと思ったが、本人はあまり気にしていないということか？　どういう思考なのだろう。晧月ばかりか黄老師も母も口を開けて、晶華の食いっぷりを見ている。

「なにも悪いことはしていないので、仕方ないなと思うだけです。悲しくても痛くても、とおりすぎるまでじっとしているしかないんです。いじめたり暴力を振るったりする人間に少しでも良心や真心があったなら、あとから悪かったなと気づくのかなって」

「そうだな。後悔するだろうな」

「そのときに罪の意識に苛《さいな》まれて精神的に滅びればいいんです。ふふ」

「え、晶華……？」

唇についたごま餡が血に見えるのは錯覚だろうか。輝峰国に古来より伝わる人食い悪鬼は、こんな感じだろうか。いや、自分はなにを考えている。

「忘れます。彼らは。泥団子娘と渾名をつけたことも、いやがらせをしたことも。飽きたらやめるでしょうし、忘れるのです。それでいいんです」

前も同じことを言っていた。晶華は大丈夫なのだろうか。なんだか歪んでいる気がしてならない。どうしてこんな風に考えるのだろう。

「いや、歪んでいるのは我々のほうなのだろうか」

「晧月、考え過ぎて鼻血が出ますよ」

母の声にはっとする。

「と、死んだ爺様が言っていました」

茶でごま団子を流し込んだ晶華は、ぱっと顔をあげる。爺様の教育方針か。

「お祖父様は宝石職人だったのよね？」

「はい。爺様もいやがらせにあったり騙《だま》されて借金作ったりしていましたね」

それでは晶華はその血を確実に受け継いでいるのだな。なんだか妙に納得してしまう晧月だった。

「……そう言えば、選抜試験を受けた女子でもない。借金のかたでもない、名家の親戚などでもないじゃろう？　お前はまるで潜り込むようにしてここにいるが、きちんと聞いたことがないな」

老師が不思議そうにしている。たしかに、晧月も晶華の生い立ちや後宮へ来ることになった経緯を知らない。聞いたことがなかったし、宝物殿に出入りするようになっても話題にのぼらなかった。だいたい、晧月は宝物殿に行ってもただ黄老師と晶華の仕事を見ているだけだったのだが。わかるわけがない。

なんだか、時間の使い方を間違っていたような気がして晧月は落ち込んでしまった。

「そもそも後宮入りの女子なの？　選抜試験を受けていないの？　宮女？　皇宮要員？　可愛い担当？」

母の問いに誰も答えられない。晶華にいたっては首を捻っている。自分のことだろうに。

「黄老師。晶華の身上書を取らなかったの？」

「いえ……わしは」

「取ってないの？」

「内侍省のほうで管理しているものだと……そもそも宝物殿は手薄でわししかいませんので、人員配置で下働きの女子をひとり寄越したのだろう、珍しいこともあるものだと思っておりました。連れてきた武官も詳しく知らぬようで、とにかく面倒を見ろと」

「でも、老師のところになにもあがってきていないのでしょう？　ずいぶん適当なのね。いくら可愛いからって、素性をよく知らないままで自分のもとに置いておく老師も、内侍省の者を責められません。宝物殿管理を任せられている私としても、見逃せません」

「申し訳ございません……」

黄老師が小さくなっている。母は急に徳妃権限を使いだした。晶華はごま団子を食べながらふたりの顔を交互に見ている。

ずっと老師に任せきりにしているくせに、と思ってしまうのだが。ぴりっとした空気の中、母はふっと微笑んだ。

「で？　皆が興味津津になったところで、晶華の生い立ちが聞きたいわ」

急に話を振られて、晶華は咀嚼《そしゃく》していたごま団子を飲み込んだ。

「下働きの女子ひとり増えたところで女子だけで数千いるのだもの、正式に宝物殿担当にしちゃえばあとはどうにでもなるわ。晶華を宝物殿に連れてきた武官は、晶華の顔見知りなのかしら？」

「いいえ。とあるお方に皇宮の入口まで連れて来てもらいました。あとは自分でなんとかしろと。そこですったもんだして泥を投げつけてきたのが武官の野郎です」

「ふうん。その武官、よく中へ入れてくれたわね。連れて行かれたのが牢獄《ろうごく》じゃなくてよかったわ」

「持っていた黄鉄鉱《おうてっこう》を見せ、これは売れば金になりますよと言いました。そしたら入れてくれました」

「……賄賂だったのか」

皓月は体の力が抜けた。

「金だな！　と喜んでいらっしゃったので渡しました。わたしは金とはお伝えしていません。黄鉄鉱は愚者の金と言われていまして、金と間違えられます」

しれっとしている晶華に、皆が一瞬止まる。

「武官を騙したんじゃないか。晶華……」

「騙していません。それを差しあげるので泥団子を投げつけるのを止めて、宝物殿へ連れていってほしいとお願いしたのです」

「なるほどね。だから黄老師のところに……まぁ、金じゃなかったとしても、泥をぶつけてきた代償だと思えばいいんじゃないの？　皓月、そんなに気にすることじゃないわ」

カラカラと母は笑う。

「自分よりも大きな力に屈し、苦しみから脱出する努力をしない子なのかと思ったわ。きちんと復讐《ふくしゅう》しているのね。さすが、私の目に狂いはないわ」

たしかに晶華は悪くないか。なんだか母と晶華が一緒にいると、小さなことで悩む自分が馬鹿らしくなってくる。

「あの、黄鉄鉱のことは嘘じゃないです。売ればいくらかにはなるはずです。危険回避の効果があると言われていますから武官様にぴったりですし。あと、肌が弱ければかぶれるのですが、それもいいかなって」

「……だめじゃないか……」

晶華はにやりと笑っている。その武官が無事であることを祈ろう。

「なるほどね。ここへ来た経緯はなんとなくわかったわ。じゃあ、晶華。あなたのことを教えてちょうだい」

「わたしのこと、ですか」

「ここへ来る前のことを知りたいわ。これ、身上書にして陛下へ奏上するから。いくら武官といっても勝手に宝物殿に人員配置をしてはいけないわ。その武官って誰なのかしらまったく……私が申し伝えておきます。青鈴、ちゃんと書き取ってね」

自分ではやらないらしい。急に言いつけられて青鈴は慌てて筆入れなどを用意している。その様子を見て晶華が身を乗り出す。

「必要がございましたら、わたし自分で書きます」

「晶華は文字が書けるの?」

祖父の残した書物がどうのと言っていたことを思い出した。文字を読めるのならば書けるのだろう。母が晶華に筆を持たせる。すると「晶華」と綺麗な文字で書いた。その隣に「青金石の耳飾り」「蛋白石」「胡徳妃様は超美人」と綴《つづ》った。

「余計なことを書いて墨の無駄遣いをするんじゃない」

「すみません、晧月様」

母がずいと体を乗り出して、晶華の文字を見ている。

「綺麗な字。身分の低い女子の識字率は低いわ。晶華はきちんと教育を受けて来たのね」

「両親はわたしが幼い頃に他界しているのですが、爺様が生きているうちは近所の学び舎《や》に通わせてもらっていました。爺様に習ったりもしました」

「なんだかんだ名家の子女なのではないか? 晶華。爺様の名は?」

黄老師がたずねると、晶華は筆ですらすらと名を書いた。

「姓は朱《しゅ》、名は新浩《しんこう》です」

ガタッと音を立てて茶器が倒れ、茶がこぼれた。侍女がすばやく片づけてくれる。

「失礼いたしした。手が滑って」

「黄老師、どうかしましたか？」

驚いた、と呟きながら黄老師が口髭を撫でつける。

「晶華、お主は新浩の孫なのか」

「はい。ああ、やっぱり黄老師様は爺様をご存じなのですね」

ふふ、と晶華は笑う。

「どういうこと？　黄老師、晶華。お互いなにも知らないでここ三月ほどを一緒に過ごしていたの？」

母は仕方がないなといったふうにため息をつく。黄老師も苦笑している。

「朱新浩は、宝物殿に出入りしていた都に住む腕利きの宝石職人です。二十年ぐらい前の話ですが……大変いいものを作るので、生前、皇后陛下がお抱えにしたいといったほどです。店の名は朱宝飾店といったな」

黄老師の問いかけに晶華は頷く。

輝峰国にはたくさんの宝石職人がいる。祖父が宝石職人だという女子は数多《あまた》いるだろう。しかし、皇宮御用達で宝物殿に品物を納めていたのは一握りだ。

「その話は聞いたことがありますね。お断りしたと爺様は言っていました」

「名誉なことなのだがのう。あいつは受けなかった」

「お抱えの職人になるよりも、職人を育てたかったそうです。小さくても店を構え、儲《もう》けで育成の場を作る。自分の技術を伝えたいと。でも、それも騙されたり店が火事になったりで、うまくいかなかったのですけれども」

他人事《ひとごと》のように晶華はいうが、悲観したりしないのだろうか。なにを考えているのかさっぱりわからない。

「皇后陛下の再三の誘い話を受けなかったから、怒りを買って皇宮出入り禁止になったはずだ。しかし、やはり腕がいいので都で品物は売れただろう。金に困ったりはしなかったはずだが。新浩の噂は耳に入ってきていたのう」

「それがまわりの妬みを買ったんでしょうね。まず騙されて金を取られました。妬む奴が悪い。騙したり脅したりする奴が悪い。こちらはなにも悪くない。爺様の口癖でしたが……ある日、店に火を放たれました」

ほらほら、やっぱりそういうことだ。晧月は辿られる晶華の生い立ちを聞くのが少し怖くなってしまった。

「まさか、お祖父様はその火事で……？」

母は同情の表情で聞く。

「いいえ。火事でなくなったのは店と品物、昔の書物や文献です。店を立て直そうとしたのですが、無理が祟《たた》り、爺様は体を壊して亡くなりました。わたしが十のときです」

「そうだったの。気の毒に」

晧月も母と同じ気持ちで晶華の話に耳を傾ける。

「……その後、わたしは爺様の弟のところへ身を寄せました」

晶華はぽつぽつと話し出した。

第三章　思い出は盗まれ

「晶華。辛いことがあっても生きていれば偉いんだからな。簡単に人を恨んではならんよ。爺様の最期の言葉は何度も聞くものでした。新鮮味はなかったです」

晶華はそれでも、もう聞けなくなるのかと思うとたまらなく悲しかったという。

祖父の新浩は晶華が十歳になったばかりの冬に亡くなった。

遠くにある思い出を手繰り寄せるようにして、晶華は話した。晧月はじっと聞いていた。いままで誰にも話すことがなかっただろう彼女の思い出を、受け止めようと思う。

「爺様は腕のいい職人でしたが、人を見る目がありませんでした。わたしが物心ついたときに両親はすでに他界しており、寂しいとか懐かしいとかそういう感情も持てませんでした」

ただ、新浩爺様だけが自分の味方なのだと。

新浩は朱家の長子だが、わけあって家督を弟の文忠《ぶんちゅう》へ譲ったらしい。なにがあったかは、晶華は知らないという。家を出て妻を娶り、息子が生まれた。晶華の父だ。

その父が妻を迎えて、晶華が生まれる。

晶華が十歳になるまでの数年で、新浩は人に騙され借金を背負い、店の品物を借金のかたに取られた。それでも腕のいい職人だったから、細々と商売は続いていた。

「ある日、誰の差し金なのか店に火をつけられました。全部が燃えてしまった。放火の犯人は捕まらなかったんです」

「よく逃げられたものじゃな。輝峰国で放火は死罪じゃ」

黄老師の言うとおり。頷いた晶華は話を続けた。

「爺様はいいました。仕方がない。命があるだけ儲けものだと思おう。頭も腕も無事だ。また働けばいいと。だから、わたし、爺様をうんと手伝うつもりでした。偉いな、晶華は。爺様はそう言って褒めてくれました」

人を恨んじゃだめだぞ。そう何度も言いながら新浩は無理をして働いたという。働いて、働きづめで体を壊した。

「爺様に、無理しないでと言っても聞かなかったんです。自分の体のことは自分がよくわかっとる。大丈夫だ、と」

体を壊しても新浩は働いた。ある寒い日の朝、工房で倒れた。店を再開することもなく、起きあがれなくなってからすぐに逝ってしまったそうだ。

「ひとりぼっちになってしまったので、身を寄せられないかと、爺様の弟の文忠爺様のところへ行きました。すると、自分が死んだらここへ行けと言われたのか？　新浩の孫娘よ。言っておくが、このうちにお前を置いてやる場所などない！　と言われちゃいました」

「晶華はどこでもつま弾《はじ》きね……」

母は苦笑している。

「そうですねぇ。文忠爺様には本当に厄介者扱いされました」

朱家は裕福で文忠爺様は新浩の店に出資をしていたらしい。

「そんなの初耳でした。店も家も燃えてしまって一文無し。債権の回収もできやしないと文忠爺様は怒っていました。お前が稼ぐのか？　働くあてもないのに、住まわせてほしいなどよく言えたものだ、と」

晶華は無表情で淡々と語っている。頼った身内にそんな扱いをされて、悲しかったと思うのだけれど。聞いているこっちが苦しくなってしまう。皓月は茶をひとくち飲んだ。

「お前の母親さえいなければ、峰日《ほうじつ》は不幸にならなかった。晶華、お前も疫病神だ。なんて罵られまして。峰日は父様の名です。疫病神だと言われても、もう父様も母様も爺様もいないからなにもわかりません」

それでも「あんた、こんな小さな女の子をほっぽり出して夢見が悪いじゃなか」という妻の言葉に頷き、文忠は渋々屋敷に晶華を住まわせてくれることになった。廊下の突き当りに布団を敷いただけだったそうだが。

「血のつながりはあっても他人です。家族として迎えてもらえるとは思っていませんでした。ただ、もう普通には暮らせないんだろうな……と、うすうす感じてはいました。ただで飯を食わすわけにはいかないと、洗濯、掃除、食事の仕度、孫たちの世話をしました」

文忠のところには息子夫婦がおり、晶華と同じ十歳を筆頭に八人の孫がいた。この孫たちが晶華をひどくいじめたという。食べることができないなんていうのは日常茶飯事だった。風呂も入れて貰えず、着替えだってない。外に締め出されたりするから、納屋や鶏《とり》小屋で寝たことがあった。

「鶏小屋で爺様に語りかけていましたね。爺様、爺様と暮らしていた頃が懐かしいな、戻りたいなって」

独り言は空中で溶けてしまい、ただ誰にも届かないことが証明されるだけだった。

「その頃の記憶はぼんやりとしていて、あいまいです。痛かった気がするし、悲しかった気がする。ひもじくて、寂しくて」

自分の手のひらを見つめる晶華。なにも言わず、その小さな肩にそっと手を乗せたのは母だった。

「誰かにずっと慰められ、元気づけられていたような記憶があります。爺様のような、そうでないような。自分でもよく思い出せません」

「辛かったな……よくがんばったな、晶華」

「晧月様にそう言っていただけると、生きていてよかったと思えます。わたしあの屋敷を命からがら抜け出したんです。でも、抜け出す途中で怪我をしてしまって」

「あら……その怪我はもういいの？」

母は晶華の手や顔に触れ、心配しているようだった。

「もう平気です。目を覚ましたら、爺様が死んでからいままでのことがおぼろげでした。爺様と一緒に自分は一度死んでいるのかもしれない。あの火事で実は、とか」

いっそ、全部が夢ならよかった。そう晶華は遠くに視線を投げた。

「怪我をしたときは、あ、死んだな、と思いましたね。自分の中でなにかが死んで、なにかが息づいた気がする。なんて言ったら笑われちゃいますかね」

食べかけのごま団子を口に入れて、晶華は幸せそうにしている。話の内容は不幸だけれど。

「誰も笑わないよ。よくここまで辿りつけたものだな」

皓月の慰めに晶華は「ありがとうございます」と言った。

「いま思うと、娼館《しょうかん》などに売り飛ばされなかっただけよかったかもしれませんね。いやぁ、生きていてよかったですぅ」

ごま団子でこんなに幸せそうな顔をする人間を、見たことがない。

晶華の思い出話は、皓月にとっては驚愕《きょうがく》の出来事ばかりで、まるで別世界のものだった。こんな生活をしていて、よく生きていたものだ。十歳の娘をこんなにも虐《しいた》げるだろうか。その文忠爺様とやらは悪霊にとりつかれた人間なのだろうか。皓月は目頭が熱くなってしまった。

「外に締め出されたときは、朝起きると鶏小屋の卵をくすねていましたよ。ご存じですか？　産みたての卵のおいしさを！」

「そ、そうなのか」

「そうなんですよっ！」

さもおいしそうに話すので、皓月は皇宮の鶏小屋がどこにあったか思い出そうとしていた。産みたての卵を食べてみたい。

「五年、そこで暮らしました」

そんな生活が五年？　と母も黄老師も思っているのか、目を丸くしていた。

「……晶華。その五年のあいだに様々なことがあっただろうに」

「まぁ、ありましたけれど、お話ししてもおそらく退屈だと思うので飛ばします」

そこを省略するのか。皆が聞きたいのじゃないか？　いやしかし、本人に話す気がないならば無理には聞けない。

「そうか。話したくなかったら無理にとはいわない。もしも自分に話してくれるのであれば、今度ゆっくり聞いてやろう」

はぁ、と晶華は下を向く。やはり言いたくないことがたくさんあったのだな。

「……ええと。十五の時に転機が訪れました。洗濯物が乾いていないと叱られ、蔵に閉じ込められたんですよね。天候はわたしにもどうしようもできないのですが……そんで、蔵の扉に外から鍵をかけられました。この蔵は文忠爺様のお屋敷の敷地の、ずっと端にありました。叫んでも人が住んでいるお屋敷に声が届きません。ああこれはどうしたものかと思いました。ほこりっぽいし、ねずみも出るし。ところが！」

急に大声を出すものだから、母がびくりと肩を震わせる。

出逢《であ》った頃は耳を澄まさなければ声が聞き取れなかったのに、自分や黄老師の助言のとおりにしているのだろうな。もしかしたら建学も声をかけたのかも。人というのは教育されて変わるものなのだなぁ。変わり者の女子であることに違いないのだが。

「なにか食べるものがないかと蔵の中を物色してみると、大きな行李《こうり》を見つけました。干し芋でも入ってないかなーと開けてみました。すると、爺様の店の印がはいった袋が。中には宝飾品や宝石が詰められていました。爺様が作ったものです」

「まぁ。まるで宝探しのようだわ。興奮するわ」

「ですよねぇ！　宝飾品にするまえの裸石もたくさんありました！　なんてことなの！　ああっ！　こんな無造作に置いたら宝石たちが傷《いた》む！」

「晶華、落ち着きなさいね」

母が晶華に茶をすすめる。

「そんな晶華も可愛いからいいのよ。続けて」

「しゅみません。……はぁ。とにかく。借金のかたにでもしていたのでしょうか。

文忠爺様は宝石を金に換えるものだとしか見ておらず、価値のわからない方だったので……」

「希少かどうかの知識がなくても、確実に金になるものだからな」

皓月を見て、晶華は頷いた。

「そうですね。宝石の物語や意味なんてどうでもいい人には響かないです。押しつける気もないのですけれど。わたしにとっては爺様の大切なものだったので」

「そうだな。じゃあ、爺様の形見を見つけたんだな」

はい、と晶華は嬉しそうに頷く。

「行李を引っ張りだして、整理しました。綺麗にして並べました。数日その蔵で過ごさねばならず……とにかくお腹が空いていました。蔵の中に生えている草をむしって食べたりしていました。ほかのことを考えようとするのです。蔵の地面近くに明かり取りの小窓があったんです。そこから入る光に裸石を透かすんですよ。本当に美しいのです。わたしいま太陽の光を浴びることができないけれど、宝石を通して見ている。ああ、素敵ねぇ綺麗ねぇと愛でていると、元気だしなよ、きっといいことある。世の中捨てたもんじゃないですよぉなんて言われて」

「ちょっと待て。蔵に誰かいたのか?」

「あ、すみません。なんでもないです」

だろうな。なんでもあってたまるか。

きっとこの頃は正気じゃなかったに違いない。事実、閉じ込められていた数日は異常な状態だったようだから。涙なしには聞けない内容なのだが、ちょいちょいあいだに挟まる「晶華と宝石との会話」がしんどい。

けれど、なんだろうこの、晶華になにかをしたくなる気持ちは。

皓月は衝動的に晶華の手を握った。

「あっえっ」

「晶華。時々おかしなことを口走るのは、きみが真面目だからだよな。母上が可愛いというのもわかる。大丈夫、俺はわかっている。聞き慣れてしまえば、宝石との会話も受け入れられると思う」

そう言うと、晶華はぽかんとしている。母が目を細めてこちらを見ていた。思わず握ってしまった晶華の手を放すと、頬が爆発したように熱くなった。

「ごめん。なんでもない……続けてくれ」

俺は……なにをしているのだろう。

「はい、それでは。わたし、空腹も限界で、立ち上がる元気さえなくなりました。ああ、これはもうだめかなぁと思っていました。ああ、わたしは逝く。逝くけれども、あなたたちを誰か価値のわかるお方に預けてから逝きたいと。涙が一粒流れました。その時。……晶華起きて。近くを誰か通るよ！　という声が聞こえまして」

だから、誰の声だよ。もはや誰も突っ込まない。

「馬の蹄《ひづめ》の音が聞こえてきました。ガラガラと馬車の車輪の音も。すみませーん、わたし晶華と申しますが！　助けてください！　と、明かり取り窓から手を出して一生懸命に振りました。そしたら馬車が止まったのです。奇跡！　助けてーと言っていると、誰かの大きな手が握ってくれるのです。どうしたんだい？　と」

晶華はそこにまるで助けの手があるかのように、両手を握りしめる。その場が蔵であるように思えてくる。

「閉じ込められて出られないので助けてくださいと言いました。すると、この窓を外してあげるから出られるかい？　と言うのです。どうにかこうにか窓を外してくださいました。ちょうど人間がひとり通れる大きさだったので、わたしは芋虫みたいにそこから出ました」

よかった。出られて。皓月はほっと胸をなでおろす。

「爺様の形見は？」

「あ、ちゃんと爺様の品物も行李から袋に詰め替えて持ち出しました」

「そうか。よかった。大切なものだ」

「はい。そして、もうたくさんだ、こんな家にはいられないと思い、道に走り出ました。あの時ほど清々しい自由を感じたことはありません。太陽、木々の香りを含む風、ああ、生きているって素晴らしい。お天道様のしたで自由だ！　と思ったら、助けてくださったお方の馬にしこたま蹴られて足を骨折しました」

「……なにをしているのだ」

　せっかく助かったのに、不幸の上塗りか。聞いていて痛々しい。

「それで怪我をしたのか。生きててよかったな、晶華」

　思わずそんな声をかけてしまう。

「本当に空腹でしたし、命からがらといった状態でしたので注意散漫になっていたのですね。馬に蹴られた瞬間の記憶はありません。気がついたら全身打撲と右足骨折。手当され知らないお屋敷の寝台で目を覚ましました。蔵から助けてくださったお方が命の恩人です。異国の方で、髪は輝く黄金、瞳は青く不思議な方でした。宝石の知識をお持ちで、宝飾品のことをじゅえりぃと言っていました」

「じゅえりぃ。変な言葉ね」

「そうですね。輝峰国で流行《はや》らそうとなさっていたみたいですが、どうでしょうかね。しかし、そのお方の話はとても興味深いことばかりでした。陽高の都にしばらくいるので、怪我が治るまで面倒を見ようといってくださって。半年ぐらいお世話になりました」

「心優しい人がいるものだな……」

「はい。輝峰国の鉱石を買いつけにきた商人だとか」

その異国の商人がいなかったら晶華は死んでいたかもしれないな。晧月は顔も知らない商人に感謝した。

「爺様に教わったことを話すうちに意気投合しました。異人様からもたくさん教わりました。身寄りもないのなら、皇宮の宝物殿で働いたらいいじゃないか、行ってみなさいと言われまして」

「そしてここに来たってことね。紹介状があるわけでなく、試験をしたわけでもない。それなにのよくもまぁ。可愛いだけじゃなくって強運の持ち主ね、晶華って」

晧月は母の言葉に頷く。両親もおらず、育ての祖父は亡くなっている。身寄りといえば新浩の弟の文忠なのだろうが、虐待されていたのでは返せと言われても戻すわけにはいかない。なにより母が許さないだろう。

「とりあえずいいかしらね……。あれ、青鈴はどこへいったの？」

「茶葉がなくなりましたので取りに行きました。書き取ったものはこちらです」

いつの間にか青鈴がいなかった。母はべつの侍女から奏状を受け取る。

「奏状はあとで私が陛下にお持ちするわ。ところで晶華」

「はい。胡徳妃様」

「お祖父様の宝飾品は宝物殿にあるの？　私、是非見てみたいわ。朱宝飾店のものはもう晶華が救い出したもの以外は世に残っていないのでしょうから」

「あの、それが……」

ごま団子を食べていた晶華の手が止まる。

「異人様に……全部取られまして……」

「なんですって」

気の毒というかなんというか。母が哀憐《あいれん》の表情を向けてくる。晧月も同じ思いだ。けれど不思議なもので、美味しそうにごま団子を食べている晶華を見ていると、まぁ大丈夫なのかなという気持ちになってくる。晧月もひとつごま団子を食べた。

「ねぇ、なんだか外が騒がしくない？」

母が言うので晧月は耳を澄ました。たしかに、バタバタと人が動く気配がする。

「どうしたのかしらね」

「俺が見てきます」

　皓月は立ちあがり、外に出た。紅透宮から見える後宮庭園の遊歩道を、侍女や宦官たちが慌てて走り回っている。とおりかかったひとりの侍女を呼び止めた。徐賢妃のところの者だ。

「どうしたのだ？」

「殿下……来儀様が！」

「兄上がどうした？」

「倒れられたとのこと」

　数日前に会ったときは元気な姿だったのに。なにがあったのだろう。詳しく聞かないまま、皓月は居ても立ってもいられずに駆け出した。後宮敷地を抜けて、皇宮の門へと続く塀に囲まれた通路を走る。途中、厩《うまや》で馬を一頭駆る。皇宮西側にある来儀の寝宮へ急いだ。到着すると、来儀の側近たちに止められるのも聞かずに寝室へ駆けこんだ。三人の侍医がいて、突然入って来た皓月に驚いている。

「兄上は⁉」

「お静かに願います。ただいま眠ったところですので……」

「騒がせてすまない。兄上が倒れたと聞いて」

寝台では来儀が静かに寝息を立てていた。顔色が悪いように思う。

「疲労か？　朝晩は冷え込むようになったから風邪でもひいたのか」

「それが……」

皓月の問いかけに侍医たちは言い淀む。どうしたのだろう。言えないほどに容体が悪いのだろうか。侍医のひとりが来儀の右手を取り、皓月に「ご覧ください」と促した。見ると右手親指が真っ赤に腫れている。

「どうしたんだ、これ！」

「お静かになさって……来儀様はこのために高熱を出し、酷く衰弱されておいでした。体調不良を押して朝儀に参加されていたようで、終わって帰る際に寝宮の入口で倒れられたのです」

「そうだったのか。兄上は責任感の強い方だから、体調が悪いことを言わなかったのだろう」

「眠る前に少し話をいたしましたが、このことはあまり騒ぎ立てるなと」

兄の優しい手が痛々しく腫れている。怪我でもしたのだろうかと手を触れようとした。

「触れてはなりません。毒物が塗られてありました」

「なんだって。毒?」

もうひとりの侍医が布にくるんだものを皓月に見せる。なにかと思えば、金細工の指輪だった。鷲《わし》の頭を模していて、片方の目に透明な石がはめられている。輝峰国では鷲は縁起物だ。

「こちらに皮膚かぶれを起こす毒が仕込まれてあったようです。指輪は洗浄をしましたが、念のため触れないでください。来儀様と皓月様は血のつながりがありますゆえ、同じようにかぶれて高熱が出るかもしれませんので」

侍医に言われて皓月は思わず手を引っ込めた。自分は腕輪をしているが指輪はしない。輝峰国の男性は親指に指輪をすることがある。着飾ったりお守りだったり、様々な理由だ。そういえば、来儀は親指に指輪をしていることがあった。この指輪は自分のものなのだろうか。見覚えがあるようなないような。来儀の持ちものを細かく知っているわけではない。

「これは兄上のものなのか?」

「だと思います。三日ほど前からつけていたのだと、側近たちがおっしゃっていました」

「この親指から毒が体にまわるということは?」

「油断はできませんが、熱がひいていけば大事には至らないかと。安静にしてくださいますよう」

「そうだな。徐賢妃もじきに来るだろうから」

自分がここにいてつき添いたいものだが、そうもいかないだろう。騒ぎ立てるなということは、なにか覚えがあるのだろうか。体調が戻ったら話を聞きたい。侍医たちは来儀の右手に包帯を施している。

とにかく熱が下がり回復するのを待つしかない。皓月は重苦しい気持ちでため息をついた。

「滋養のあるものを届けさせよう。あと、この指輪を借りていってもいいだろうか」

「皓月様。危険ですよ」

「大丈夫。不用意に触れないようにするし、壊したりはしない。少し調べたいことがある。触れずにこのまま包んで持って行こう……明日の朝には返す。これは兄上のものだから」

皓月の申し出に侍医長が「わかりました」と指輪を渡してくれた。

もう日が暮れる。母の茶会を飛び出してきてしまった。紅透宮へは行かずに外城へ戻ろう。怒るような人ではないが、あとで母には詫《わ》びの酒と文を出さねば。きっと来儀の体調不良を耳にしただろうし。いらぬ心配をかけさせたくない。

外に出ると夕暮れがあたりを包んでいた。皓月は繋いであった馬に跨《また》がると、ゆっくりと進みだした。せめて建学を伴えばよかったな。

＊　＊　＊

建学になにも言わず、皓月は胡徳妃の茶会からひょいと飛び出していきそのままどこかへ行ってしまった。自分の息のかかった侍女や宦官をとっつかまえて事情を拾ったところ、どうやら来儀が体調を崩したらしいとのことだった。皓月は、一番慕っている兄皇子を心配して、全部放り出して行ってしまったのだろう。せめて自分を伴ってくれればよかったのに。

胡徳妃は「子供じゃないし、適当に自分の寝宮に戻るわよ」と茶会をお開きにした。たしかにもうすぐ夕餉の時間だ。黄老師の爺と泥団子娘は仕事があるので宝殿へ帰るといった。晶華はごま団子を盆にたくさん載せてご満悦の様子だった。

「胡徳妃様がくださったんですぅ。建学様、おひとついかがでしょうか。こんなにたくさん食べきれないかも、いや食べきれないなんて嘘ですけれどもね。食べちゃいます」

「うるさい。さっさと帰れ。私はごま団子が嫌いなんだ」

「そうですか。では建学様、またおしゃべりしましょう～」

嘘だ。ごま団子は好物なのに、くっ、あんなにたくさん……。それにいつお前とおしゃべりなどしたのだ。気安く呼ぶな。

正直羨ましかった。自分に、皇帝を紅透宮へお連れする力があればいいのに。そうすればごま団子を……。

建学ははっとした。なにを考えている。ごま団子のことはどうでもいい。ここ最近、神経をすり減らすことばかりで疲れているんだ。

建学は皓月の寝宮で主の帰りを待つことにした。

すっかり日が暮れてから、皓月は浮かない顔をして戻ってきた。気のせいか跨っている馬も落ち込んでいるように見える。馬から降りた皓月から手綱を受け取った時、手が冷たいことに気づく。

「皓月様、もう一枚お召し物を。体が冷えてしまいます。お声をかけてくだされば私もお供しましたのに」

「ごめん。慌てていたから」

「来儀様のところですね？」

「聞いたか？」

頷くと、晧月はまたため息をついた。なんて顔をしているのだろうか。もしかして容体が深刻なのだろうか。

「晧月様。徐賢妃も来儀様のところへ行かれたと聞きました。あとは侍医たちに任せておきましょう。来儀様はお忙しい方。雪が降る前に焔江軍を率いて、賀月森山麓へ向かうのですよね」

ひと月ほど前、賀月森山の小さな採掘現場から出た積荷が賊に襲われた。諸侯王の謀反などではなく、粗暴者集団が山賊になり窃盗を働いたようなものらしい。が、死傷者多数だったために皇帝の逆鱗《げきりん》に触れた。皇帝が自ら討伐に行くと言いだすが、来儀様が宥《なだ》めてその任を受けたという。

「すぐに元気になられましょう。きっと疲れが溜まっておられたのですね」

「違う」

「晧月様？」

「建学。ちょっと一緒に来てくれないか」

「え、皓月様。夕餉の支度が」

いつも皓月が食事をする部屋に、侍女たちが料理を並べようとしていた。皓月が「あとで食べるから」と言って準備を中断させる。

「ちょっと待って。この饅頭をふたつ包んでくれ」

饅頭を持って来た侍女を呼び止め、懐から取りだした手巾を渡し、そう指示する。金糸の入った絹織物なので侍女が饅頭を包むのをためらっている。侍女は困惑した様子で、建学に助けを求めるように視線を送ってくる。この女子は先日、一緒に甘味を食べた……いや、そんなことはいい。お包みしなさい、と言うと女子はその通りにして下がっていく。

「皓月様？　どうなさいましたか」

皓月は建学の呼び止めに頷いただけで、手巾に包んで貰った饅頭を懐へ入れた。どこかで食べるつもりだろうか。

「宝物殿へいく」

また宝物殿？　建学は白目をむいた。

胡徳妃のところへ行くとかではないのか。茶会を途中退席した詫びをしたいんだとか。それなら夕餉を後まわしにしてもやらなければいけない用事だ。

皓月は侍女たちに、上に着るために綿入れを用意させている。やはり出かけるのか。そして文机《ふづくえ》に行き、なにか短い文を書いたかと思うと建学に寄越した。

「母上のところへ、都の酒店丸鶴堂《まるつるどう》の白酒とこの文を運んでくれ」

「承知しました」

建学は近くにいた宦官に手紙と酒を託した。

外に出るとまた一段と冷え込んでいた。建学は提灯を持ち、ふたりの足元を照らしながら歩いて行く。月が出ていたので、明かりがなくても大丈夫そうなのだが。あちこちに提灯が灯り、夕餉のにおいも漂っている。ここから来儀の寝宮は見えない。外城の東南に位置する皓月の寝宮は、後宮に近い。来儀の寝宮は内城に一番近い。父に近い場所と、母に近い場所という風に捉えてしまう。皓月にそんなことを言ったら気を悪くするだろうが。欲のない性格の皓月は、兄想いの心優しい皇子だ。そばに仕える身としては、当然天下を……と願ってしまうのだけれど。

止めよう。建学はそっと首を振った。なんだか今日はいろいろと物思いに耽《ふけ》ってしまう日だな。いけないない。明るすぎる月夜のせいだろうか。

夜空を見上げると、ぼうっと青白く輝く月が浮かんでいた。

あの月から五点のしずくが落ちてきて賀月森山を作り、悠久の時を刻んでいる。

輝峰国の安寧と発展を願い、時に戦い、人々は生きている。

「ねぇ、建学」

呼びかけられて、また余計なことを考えていたと反省をした。主から気持ちを逸らすなど側近として失格だ。

「兄上は人の恨みを買うような人だと思う？」

質問の内容が不穏なので、少し答えに困る。

「……いいえ。ご聡明な方だと」

「そうだよね。消されるなら兄上じゃなくて、俺だよね」

「皓月様！」

聞きたくはなかった言葉を耳にして、建学はつい強い口調になってしまった。

「……申し訳ございません。しかし、皓月様。そんなことを言ってはいけません」

「ごめん。兄上の姿を見て、ちょっとびっくりしてしまって」

尊敬する兄が臥《ふ》せっているのだから動揺しているのかもしれない。なにがあったのか言わないのでわからない。皇子といえどもまだ少年なのだなと思った。「あのね」と皓月が言うので続きを黙って待つ。

「……兄上は毒を盛られたらしいんだよ」

建学は息を飲んだ。

「いま侍医たちに見てもらっている。命に別状はないらしい。口に入れたわけではない。親指がただれていて、傷のせいで高熱が出ているが、じきに癒えるだろう。でも……」

唇を震わせる晧月はいまにも泣きだしそうに見えた。

「どうして兄上が狙われたのだろう」

「晧月様……」

「犯人はわからない。兄上は騒ぐなと言っていたらしい。でも、俺は自分なりになにか調べることができないかと考えている」

建学はなにも言えなかった。晧月は自ら犯人を突き止めようとしているのだ。それは危険を伴う。建学は過去に起きた皇太子とその兄の悲しい出来事を思い返す。

晧月は争いを間近で感じて、半分血のつながった兄の来儀を心配しているのだろう。

「晧月様の身に危険が及ばないとは限りません」

「兄上をあのままにはできない。どうして狙われた？　立太子の問題かもしれない。兄上が皇太子にならなければどうなる？　皇子はほかにいないのに」

「晧月様。なぜそのようなことを？　晧月様も皇子なのですよ」

「俺に価値があるとは思えない」

「……なぜそんなに悲しいことを」

全力で否定をしたい。けれど、他に思いが飛んでいるいまの晧月に言っても響かない。

単純に考えて、来儀を狙うのであれば晧月を皇太子に推す派閥のはかりごとだと考えられる。しかし、皇帝陛下に奏上する者もおらず、朝儀で話題にもならない立太子の件で、来儀を傷つけることにどんな意義があるのだろう。建学にもわからなかった。

ふたりとも無言のまま宝物殿の前まで来た。呼びつければいいものを、わざわざ出向くあたりが晧月らしい。それに黙って従う自分も主に似てきたのかもしれない。

宝物殿の扉からは明かりが漏れていた。黄老師と晶華がいるのだろう。夕餉の時間はとっくに過ぎている。

食堂ではなく、彼らにはここで食事をするように手配をしてやってもいいのかもしれない、などと考えて、ずいぶん甘やかしてしまうな、とひとりで苦笑する建学だった。

晧月は扉を開けて宝物殿へ入っていく。建学もあとに続いた。

「晶華はいるか」

見まわしても人の姿がない。別室にいるのだろうか。建学も呼び出しをしようと息を吸ったときだった。

「はぁい！　あ、晧月様。こんばんは」

近くから声が聞こえたと思ったら、棚の陰からぬっと人が出てきた。建学は思わず晧月の前に腕を出して庇《かば》う。晧月は「大丈夫だ」とその腕を制してくる。

「やぁ、晶華。きみに用事があってきた」

「わたしにですか。なんでございましょう？」

晶華は先日胡徳妃が来た時に使った奥の間に、晧月を案内した。

「ねぇ晶華、今夜の夕餉は終えたか？」

「はい！　黄老師が白飯と汁物を用意してくださったんです！」

「そうか、それはよかった」

ふたりの会話を聞いていて、建学は晧月が饅頭を包ませたことを思い出した。やはり晶華に持っていくものだったのか。ムカムカするというか、なんともいえない思いが浮かんでくるが、黙って晧月のあとからついていく。すると、晶華が振り返った。

「あ、建学様も！　こんばんは」

「……お前、いままで私に気がついてなかったのか？」

すぐそばにいたのにわからなかったなんて。心外だ。後宮の女子たちは皆この顔に見とれるというのに。まぁ、美形の皇子が一緒だから仕方がないといえばそうなのかもしれないが。いや、皇宮二大美形を目の前にしてもじもじもせず普通に会話をするなんて、この娘の美的感覚がどうかしているのだ。宝石にはうっとりとするくせに。

「黄老師は？」

建学は伸びあがって室内を見まわす。竹の衝立の向こうに黄老師はいるのだろうか。大きい卓上にたくさんの小箱が並べてあって、なにやら作業の途中だったようだ。

「老師は皇宮に御用で出ています」

「そうか。かえって都合がいい。あまり聞かれたくない話だから」

「そうなのですか……あ。申し訳ございません。茶をご用意します」

「いらないよ。気にしなくていい。仕事場に邪魔したのはこっちだ。用事が終われば勝手に帰るから」

「ひとつ約束してほしい。ここに俺と建学が来たことを誰にも言わぬように」

晶華は少し首を傾《かし》げる。だが、すぐになにか含みがあると気づいたらしい。黙って頷いた。空気を読めるところは褒めてやろうじゃないか。

皓月は長椅子に腰をおろすと、懐からなにかを取りだした。饅頭ではない。

「これを見てくれ」

布を開くと、中から金色の指輪が出てきた。金細工で鷲を模しているものだった。輝く透明な石が片方の目にだけついている。

「あれ？　これは……」

「見覚えがあるか？」

「はい。宝物殿にあったものです。鷲を模した指輪で、目に水晶が入っているのですが」

指輪に伸ばされた晶華の手を皓月がつかんだ。建学は思わず白目をむく。

ひぃ。なんということだ。軽率な触れあいは毒よりも怖い。

「晶華。触らないほうがいい」

「なぜですか？」

「ですが……」

「毒がついていた」

「え！」

思わず建学は声をあげてしまった。晶華は驚いて手を引っ込めている。

「晧月様！　そんなものを懐に入れていらっしゃったのですか。私がお預かりしましたのに！　あまりにも危険です」

「大丈夫。ありがとう建学。侍医たちは洗浄をしたといっていたから。念のため触れないようにとは言われたので布にくるんで持って来たんだ」

侍医たちもそんなに危険なものをどうして晧月に持たせたのか。止めるのも聞かずに持って来たのだろうけれど。

「兄上に贈られたものらしいのだが、重い皮膚かぶれを起こす毒が仕込まれていたらしく、兄上はその傷がもとで、いま寝込んでいる」

なんと痛ましい。来儀の早い回復を祈りたい。建学が一番大切なのは晧月だが、晧月が慕っている兄のことだから祈らずにはいられない。晧月が、のんびり夕餉など食べてはいられないという気持ちもわかる。

晧月の話を黙って聞いていた晶華は、「ぶるぶる」と言って体を震わせた。

「怖いです。どうしてこの指輪に毒なんて。わたし、お手入れでこれに触っていますし……」

さすがに晶華も毒と聞くと、へらへらしていられないのだろう。

「晶華。この指輪は誰が引き取っていったのだ？　覚えている？」

「はい、覚えています。女子です」

後宮の女子だろうか。といっても数千人いる女子からたったひとりを探し出すなど現実的ではない。

「秋花の宴が終わって五日ほど経ったころでしょうか。ひとりの女子が宝物殿にやってきました。お顔を布で隠していました」

「顔を隠して？」

「はい。あ、目だけ出ていたという感じですね。風邪を召されているらしく声が小さかったですが。姿を隠される方は男女ともに、時々いらっしゃいますよ。口元だけを隠したり、帽子を深くかぶっていたり。慣れっこですよ」

皇宮や後宮で普通に生活をしている分には、身分を隠したり、忍ぶようにして宝物殿に足を運んだりはしないだろう。

「晧月様。顔を隠すとなると、祭事で舞を献上する踊り子なんかが思い出されますが……でももうそのような催しはないですものね」

建学はなにか手がかりがないかと、思い当たる節を探ってみる。

「仮面をつける主演者の後ろに、鼻から下を覆う紗《しゃ》をつける踊り手がいます。ほら、皓月様の誕生祭でも見ましたでしょう」

「なるほど。建学は女子のことはなんでも覚えているなぁ」

「女子のことだけではなく、皓月様のこともすべて覚えております」

「あっそう。あとは戦でも使うね。覆面ということになるかな。暗殺とか」

主への忠誠を言葉にしたのにさらりと流されたことは突っ込むまい。しかし、暗殺とは。

「暗殺。ちょっとそれは考えにくいかもしれませんね。顔への傷を防ぐため、戦ではあるでしょうが」

「建学の言うとおりだね。戦のことは、兄上が言っていたんだよ。煙幕を張って敵陣突入をするとき、煙を吸わないように鼻と口を覆うと聞いたよ」

「敵陣突入していく女子……そんな者がいただろうか……」

建学は、馬で突っ切っていく来儀ほか武官側近たちを思い浮かべた。女子で武官なのだろうか。そんな女子は記憶にない。建学は自分のお気に入り女子一覧を辿ってみる。

「胡徳妃様のおかげでうちは忙しくなりました。正一品でも下働きでも出入りできるようになりましたから、顔を隠す理由はそれぞれです。いろいろと不都合もあるのかもしれませんね」

そんなものかなぁ、と晧月は呟いている。

「殿下、女心は複雑なものなのです。殿下だって以前は宝物殿に来るのに変装をしていたじゃありませんか」

そう言うと晧月に睨まれた。

「建学は余計なことを言うな。ごめん、晶華。続けてくれ」

「はい。それでは……贈りものをしたいから選んでほしいとのことでした。大切なお方に渡したい。お守りになるようなものがいいとおっしゃいました。なので、この指輪、たしかにわたしが見立てました」

「兄上を恋い慕う女子は一万人いたっておかしくはない」

殿下、後宮にそんなに大勢の女子はいません。建学はそう言いそうになったが黙っていた。

「お顔を隠しているということは知られたくないのだなと思い、わたしもじろじろ見ませんでした。黄老師も、相手が詮索して欲しくなさそうならば深く聞かないこと、とおっしゃっていたので」

「では、老師も会っているのか？」

「あの日、老師はいらっしゃらなかったので。この指輪について対応する前ですが、わたしが使いから帰ると入れ替わりのように用事で出かけていきました。老師が戻ってくると、今度はわたしが紅透宮に使いに出されて……忙しかったですね、あの日」

黄老師が迎えているのでなければ、晶華の記憶だけが頼りだ。

皇宮や後宮の者で詮索されたくない者は大勢いる。顔を隠しているということは、晶華や黄老師の顔見知りだったのかもしれない。それだって大勢いるだろう。目星もつかないし、人数が絞れてくるわけでもない。

「目元しかわかりませんでしたが、美しい方だと思いました。お守りとして贈りたいという想いを大切にしたかったので、それでは水晶のついた指輪はいかがですかとご提案したのです」

晶華は布の上に転がる金色の指輪を指さした。

「水晶は古来よりお守りとして重宝されてきました。健康、仕事など多彩で万能な導きをくれる石です」

「俺も水晶の玉がついた筆を持っている。母上がくれたんだ」

「子の成長を願われたのでしょうね。来儀様のこの指輪は鷲を模してあります。鷲は輝峰国では縁起物とされます。空高く舞いあがるので運気上昇ですね」

「水晶と縁起物の鷲、お守りに最適だなぁ」

晧月と晶華の会話がまったりとし始めてしまったので、建学は「それで」と横槍を入れる。のんびりしている場合ではない。

「晶華。本当にその女子の顔を見ていないか？　どこか特徴とか」

「隠していたのはお顔だけで、女子だということしかわかりません。胸のふくらみもありましたし……知られたくないのかなぁ、奥ゆかしいな、素敵！　と思っていたのでどうでもよかったです」

役に立たない。建学はため息をついた。

「でも、来儀様のところへ渡っているということは、来儀様への贈り物だったのですね」

「そうだな……兄上なんだよな」

「ああ……でもたしか、お顔といえば。見間違いではないと思うのですが」

「なんだ。言ってみてくれ」

「下瞼《まぶた》の中央、睫毛の生え際に小さなほくろがある人でした。ああ、なんか！　黒水晶みたい！　素敵！　と思ったのを覚えています」

びりっと体に稲妻が走るのを感じる。下瞼の真ん中、睫毛の生え際にほくろ。そのほくろを建学は知っている。

「……睫毛の生え際にほくろ、か」

「はい。ごまみたいな」

「そんなところのほくろなんて顔を寄せて見ないとわからないと思うが」

「たしかに、小さなほくろでした。けれど、わたし、目はいいので。美しいものをじっくりと見るの好きですし」

晶華は笑っている。同意しよう。たしかに青鈴は美しい。近くで見ると下瞼のそのほくろがなんとも色っぽく見えるのだ。

「茶菓子に食べたごま団子のごまをくっつけてきたのじゃなければ、ほくろですね」

皓月と晶華は顔を見合わせて笑っている。

なにが楽しいのか。顔面にごまをつけるのはお前だろう、泥団子娘め。建学はムカムカして仕方がなかった。

この指輪を受け取ったのは、青鈴だ。

なぜ青鈴が来儀に指輪を渡した？　毒を仕込んだのも青鈴か？

まさか。なんの冗談だろう。後宮の侍女が皇子にそんなことをするなんて、判明したらただじゃ済まない。そもそもそんなことをして、青鈴が得をするだろうか。

あるとしたら、来儀を疎ましく思う者。

「でもこの鷲の指輪、両目に水晶があったのに片方が取れていますね。落としちゃったのでしょうか」

「そうか、これは取れているのか。最初から片方しかなかったのかと思ったが」

鷲の目には小豆の大きさほどの水晶が光っている。

「もともと両目にあったものなのに片方だけになったのだと、あまり縁起がよくないかもしれませんね。欠けたということですし。修理が必要です」

「取れたのかな……兄上の部屋に落ちていたりするのかも。あとで探してみよう」

皓月が立ちあがったので、建学も従った。帰るのだろうか。

「この指輪は明日には返さなければいけない。今日は邪魔したね。もう行くよ」

指輪を再び布に包み自分の懐に入れようとした皓月の手を、建学は止めた。

「私がお持ちします」

洗浄しているとはいえ、兄に酷いかぶれを起こさせたものがまだ付着している可能性がある。弟の晧月がそうならないとも限らない。晧月は「ありがとう」と指輪を建学の手に載せた。

「あまりお役に立てませんでした。来儀様の回復をお祈り申しあげます」

「ありがとう。じゃあ晶華、また来る」

約束めいた言葉も建学の気持ちを揺さぶる。皇子ともあろう人が、高貴な身分の出身でもない娘にまた来るなんて。

「晧月様。冷えますのでお早く」

「わかっている。建学はせっかちだなぁ」

あなたがのんびり過ぎるのだ。フラフラフラフラあっちこっちへ。そのたびに肝が冷える。

宝物殿から出ると、外はより一層冷えていた。もうあとひと月もすれば雪が降る。輝峰国の冬は厳しい。去年、晧月は重い風邪をひいた。数日寝込んでしまったので、今年はそうならないように注意しなければ。

「晧月様。戻られたら夕餉を。温かい汁物を飲んでお体を温めないと」

うんうんと頷いた晧月は心ここにあらずといった感じだった。月を見あげてため息をついている。

「指輪は明朝返しにいくよ。一応は兄上のものだし、始末するのかどうするのか決めるだろうから」

「お供いたします」

やはり話を聞いていない。仕方がない。今夜はきっと眠れないのだろうな。そう考えると建学もきっとよく眠れないと思う。早く皓月の心休まる日々が戻ればいいと、同じように建学も月を見あげた。すると皓月が「あ」と立ち止まる。

「どうされました？　お忘れ物でも？」

「懐に入れっぱなしで忘れていた。饅頭」

苦笑しながら皓月は金糸入りの手巾を懐から取りだす。開けると饅頭が出てきた。

ああ、そう言えば。

「夕餉はきちんと食べていたと言っていましたからね。出すに出せなくなりましたか？」

「そんなことない。置いてくるのを忘れただけだ」

唇を前に突き出して変な顔をしている。照れ隠しだ。ちくしょう。あの泥団子娘のためにこんな顔をなさるのか。なんたることか。腹立たしいのはたしかだが、こんな晧月を見ると軽やかな気持ちになるのはなぜだろう。嬉しいのだろうか。そんなわけがない。

「ねぇ建学。あまり晶華のことを嫌わないでやってよ。あれは俺の友人だよ」

あなたの友人ならば、ほかでもない私がいるではないか。ただ、あんなに可愛くはないけれど。

唇の先にぶら下げた言葉は、凍りついたような夜空に消えていく。

晧月のことも青鈴のことも考えなくてはならない。心臓がいくつあっても足りない。

食べよう、と晧月が寄越した饅頭は少し硬くなっていた。夜空に浮かぶ月みたいな饅頭だった。受け取るときに少し触れた晧月の指も、冷たいままだった。

第四章　陽光の兄

後宮が寝静まった真夜中。

薄暗い部屋で一本だけ灯した蠟燭《ろうそく》の明かりが、訪ねてきた彼の横顔を照らしている。もっと明るくしたいが、止められた。逢瀬《おうせ》のときのような胸の高まりはない。彼が厳しい表情をしているからだ。

紅透宮に隣接する侍女たちの住まいには、数十人が暮らしている。皆が夢の中だろう。あまり大きな声で話してはいけない。

青鈴は卓上に広げられた手巾に載る鷲の形を模した指輪を、じっと見つめた。

「なぜこの指輪を建学様がお持ちなのですか？」

視線を上げると建学が探るような目をしている。ただごとではない雰囲気だ。

「明朝、皓月様がこれを返すから、その前にきみに確認をしたかった」

「返す？　皓月様？　あの、わたし、なんのことだか……」

どうして皓月の名までが出てくるのだろう。理解できない。だって、この指輪は。

「これを持っていたのはきみだよね、青鈴」

「そ、そうです……」

返事をしたが、建学はすぐには言葉を続けてくれない。たしかにこれは青鈴が持っていた指輪だ。でも。

「なにかわけがあって、この指輪はきみからとある人物に渡った。これには毒が仕込まれていたという。指がひどいかぶれを起こした」

ひっ、と悲鳴をあげそうになる。毒なんてどうして？

「どうして……？　なぜ。あっ、まさか建学様が？」

「私はなんともない。もっと相手が悪い」

「どなたでしょうか？」

「来儀様だ。命に別状はないが、傷がもとで寝込んでいらっしゃる」

青鈴は息を飲んだ。建学が見たこともない険しい顔をしていたから。

「青鈴。知っていることを話してくれないだろうか」

「お……お待ちください。私、来儀様を陥れようとしたわけではありません……これは……その」

「なんだ、言ってみなさい」

「建学様のためにしたことで」

どうして来儀にこの指輪が渡り、どうして毒など仕込まれていたのかわからない。でも、自分は建学のためを思ってこの指輪を選んだ。

青鈴は鏡台に向かい、木製の小物入れを持って来た。建学の前でその小物入れを開けて見せる。

「……水晶？」

「はい。指輪の鷲の目から外したものです」

建学は小豆ほどの大きさの水晶を右手の指でつまみ上げる。空いている左手で指輪を取った。

「あっ、触って大丈夫なのですか？」

「侍医が洗浄したといっている。信用しよう。皓月様には触れさせたくないから私が持ってきたのだ」

蠟燭の明かりの中で建学の指がゆっくり重なる。鷲の目に水晶がぴたりとはまった。

「なぜ水晶がここにある」

「私が外したからです」

「どうしてそんなことをした？」

盗んだのか、と言いたいのだろう。けれど、自分が水晶を盗んだところでなんの得にもならない。金にはなるだろうが、そんなものは欲しくない。

「晶華を追い出すためです……」

建学を真っ直ぐに見つめて言った。彼は目を細めた。

それが建学のためであるというのは、自分勝手かもしれない。わかってほしいと思うのもおこがましいのかもしれない。

「宝物殿にある宝飾品の手入れを、日ごろからあの娘がやっているのを知っています。黄老師は任せているようなのです」

「青鈴……ずっと見ていたのか」

感心と軽蔑が混ざったような目で見てくる。蠟燭の明かりしかない薄暗い部屋でよかった。真っ直ぐに見られたら、自分がいかに醜いか認めざるを得なくなる。

「どんな生活をしてどんな仕事をしているのか知らなければ、後宮で人を陥れることはできません。古代輝峰国ならいざ知らず、現在の宝物殿は厳重警備がされているわけではありません。宝石や宝飾品の立ち位置が変化して規制も緩くなり、誰でも出入りできます」

「宝物殿と言われているのに警備が緩いのは、ただの物置としか見られていないからなのかもな」

「働いているものもぼんやりとした老人と小娘です。目を盗み、この指輪を晶華の持ちものに入れておく。水晶も外れている。皇宮宝物殿の品の窃盗と破損です。発覚すれば、黄老師は自分の管理不行き届きだと思うでしょう。隠そうとするかもしれません」

「黄老師がそんなことをするだろうか……」

「胡徳妃様と懇意になり調子に乗ったことを後悔するといいのです。晶華は、盗みを働いたと疑われれば黄老師の信頼も失う。そうすれば宝物殿にいられなくなる。あとは……わかりきっています。ここは後宮です」

「牢獄行きだろうな」

「そうなればもう戻ることもできません。自分は犯人ではないと訴えたところで誰も聞きはしない。あの娘を妬む人間はたくさんいるので」

自分の生活を脅かすもの、気に入らないもの。見つけたら排除する。きっかけがほしいだけなのだ。

「……きっと誰にも知られずに、葬られる」

「やめなさい！」

まるで悪鬼でも見るように、建学は青鈴を見おろしてきた。なにか間違いを犯したというのだろうか。そんなわけがないのに。

「……建学様。どうしてそんなお顔をするのですか？　あの娘がいるから皓月様が気もそぞろなのですよね？　心配でたまらないのですよね？」

「青鈴。憶測で人の心を語るのは礼儀に欠ける」

「日がな一日つまらなそうに暮らしていたあの皇子が、毎日楽しそう。相手はあろうことか下働きの女子。それが気に食わないのですよね、建学様」

あなたを慕っているからこそ、気持ちがわかるのに。だからあなたもわたしに触れるのでしょう。

口に出せない想いが青鈴の胸に渦巻く。

「晶華と皓月様のあいだになにか間違いでもあったらと、建学様は気が気でないのだわ」

「だからやめろと言っている」

ドン、と青鈴を黙らせるように建学は壁に手をついた。

「そんなことをしたら私が許さん。皓月様を悲しませるな」

「皓月様が悲しんだとしてもそんなもの一時のことですよ。建学様の心が晴れれば私はいいのです。あのふたりが親密になればなるほど建学様が苦しむというのに」

「下品な目で見るな。殿下にとって晶華は友人だから」

建学のいうことが理解できない。どうして止めるのか。一緒に晶華を追い出してくれると思っていたのに。

青鈴は建学の腕から逃れた。ここで押し問答をしていても空《むな》しいだけだ。

「誰が晶華を嵌《は》めようと言ったのだ？　きみを動かす黒幕がいるのか？」

「私がひとりでやりました。もちろん胡徳妃様は無関係です。私が、建学様のために」

「でも、未遂に終わったのだな。この話は聞かなかったことにしよう。きみははじめから晶華を嵌めるつもりだったのだな」

「私は胡徳妃様の侍女ではありますが、徐賢妃様と徳妃様の不仲は私に無関係です。胡徳妃様が私になにか命令したこともない。来儀様に恨みもなにもありません。ですから、私は毒を仕込んだりしていません。それだけは信じてほしいです」

「……わかった。信じよう」

建学はため息をついて壁から腕を放した。指輪を手に取り自分の親指に嵌めて、いろいろな角度から観察するように眺めていた。

「でも、どうしてこの指輪が来儀様のところへ渡ったのかしら……」

「青鈴、この指輪のために宝物殿へ行った日のことを覚えているか？」

なんだか取り調べを受けている感じだ。

「胡徳妃様の朝の身支度と朝餉を終えて、少し時間が空いたので宝物殿へ行きました。そして、ある程度高価な品の陳列棚を教えてもらいました。そこで横一列に整然を並ぶ指輪から大きいものを選んで……」

そこまで言うと建学が「ちょっと待って」と止めた。

「指輪はきみが自分で選んだのか？　晶華は自分が見立てたと言っていたが」

「晶華が？」

そんなわけがない。あの日、宝物殿へ行ったらあの娘はいなかった。晶華が指輪を見立てることなど不可能だ。

「なんだかおかしいです。違います。あの日、晶華はいなかった。私を迎えてくださったのは黄老師です」

「黄老師……？」

「はい。それに、あの日私が買ったのはこの銀のかんざしです」

自分の髪に挿している銀細工のかんざしを指さす。可愛らしいと思って手に取ったものだが、黄老師の目くらましに使ったのだ。これを包んでもらっているあいだに、陳列棚から指輪を盗《と》った。

「指輪は見立てていただいたのではなく、黄老師が目を離した隙に……私が盗んだのですから」

「青鈴」

「悪い女子だとお思いでしょう。後宮の塀の皇宮側に見晴らし台がありますでしょう。あそこから宝物殿が見えます」

後宮の外を眺めるための見晴らし台と言われているが、後宮から女子が許可なく出られないようにするための見張台だったものだ。妃嬪たちは自由に出入りできないが、自分のような侍女ならわりと自由がきく。

「晶華が、宝物殿から出ていく女子を見送っているのを見て、部屋にいないのだと知ったので。盗んだ鷲の指輪をあの日のうちに、晶華の持ちものの枕に隠したのです。だから、どうしてここにあるのかわからない」

企んだのは自分なのに、まるで得体の知れないものに化かされているかのようだ。

「きっちり並べられた指輪の中から大きいものを選んだのも、わざとです。なくなっていることがすぐにわかるようにするためです。ここにあった素敵な鷲の指輪はどなたかに渡ったのですか？　などと後日声をかけてもよかった。なくなっていることに気づかれさえすればいいのですから」

「晶華に濡《ぬ》れ衣《ぎぬ》を着せるためか」

青鈴はこくりと頷いた。

「晶華が枕にあった指輪に気づいた。そして、来儀様に指輪を渡したのか？」

「そうなるのでしょうけれど、なんの利得があって」

想像しにくい。晶華が来儀に対してなにか恨みを抱いているとは考えにくい。誰かの差し金？　それならばわかるが、皇宮に来たばかりのよくわからない女子にそんなことを頼むだろうか。胡徳妃の茶会でも宝物殿で働けて嬉しいと言っていた。それなのに、みすみすその幸せを手放すようなことをするだろうか。

考えてもわからない。建学も同じ様子で、ため息をついていた。

「ひとまずわかった。このことは黙っていなさい。これ以上罪を重ねるな。私の為《ため》に手を汚すことはない」

「建学様……」

「外した水晶は私によこしなさい。来儀様の寝宮を掃除中に見つけた者から預かったとでもいって返しておくから」

もうこんな風になってはなにもできない。建学を失望させるだけだ。自分の企みはふたりだけの秘密だ。その秘密は汚れている。

やはり部屋が暗すぎる。心まで闇に塗りつぶされそうだ。青鈴は燭台《しょくだい》に蠟燭をもう一本灯す。明かりが増えて、建学の顔もよく見えた。疲れている様子だ。当たり前か。自分が心配ごとを増やしてしまったのだから。

小物入れの水晶をつまみ上げ、手持ちの手巾にくるむ。

「建学様。水晶を」

「たしかに預かった。あとのことはどうなるかわからないが……」

建学はまだ親指に鷲の指輪をしている。蠟燭の明かりを跳ね返してキラキラと光っている。その様子を見て、おかしいことに気づいた。青鈴は建学の手をそっと取り、指輪をよく見ようと蠟燭の火に近づける。

「おい青鈴。火傷《やけど》させるなよ」

「ねぇ建学様。この指輪……さっきまで薄暗くて気づきませんでしたが」

「さぞ高価だろうな。この金の指輪」

蠟燭の明かりを増やさなかったらわからない。なんだか怒りのようなものが込みあげてきたくる。なぜだ。誰がこんなことをしたの。

まさか、企みは現実となった？

「違うわ。これじゃない」

「青鈴？」

「私が盗んだ鷲の指輪は、銀細工です。これではないわ」

蠟燭の明かりが指輪をゆらりと照らし出す。

＊　＊　＊

兄の好きな肉饅頭を携えて、晧月は建学と皇宮外城にある庭園を歩いていた。散歩ではない。来儀の寝宮へ見舞うためだ。

指輪に仕込まれた毒のため親指が異常に腫れあがり、それがもとで高熱を出した。二日は寝台から起き上がれなかったらしいが、三日目にはようやく外に出られるようになったらしい。徐賢妃が日に一度通っていたようだった。来るなといわれたわけではないが、倒れた初日に顔を見ただけで兄のところへは行っていない。焦ってもなにかできるわけでもないので、とにかく早い回復を祈るしかなかった。

時間的には昼餉に間に合うだろう。元気なところを見られればそれで安心だ。

あの鷲の指輪は侍医に返した。来儀の手元に戻っているはずだ。

「建学。結局は指輪を引き取っていった女子が誰なのか、わからないな」

「そうですね」

「指輪は女子から貰ったにしても、毒を仕込んだのはべつな者かもしれないわけだし」

「そうですね……」

手詰まりだった。来儀に聞かないとなにもわからない。

「なんだ、建学。そうですねってばかり。うわの空だな。なにか心配事でもある？」

「申し訳ございません。いや、来儀様が元気になられてよかったなと思いまして」

「そうだな。とにかく、早く兄上の顔が見たい」

今朝は冷えた。外城庭園の木々の葉も散って、寒々しい。この寒さが病みあがりの来儀に障らなければいいが。

来儀の寝宮への門前まできたときだった。キンッと鉄のぶつかる音がする。なんだろう。急いで門をくぐると、外でふたりの男が剣を合わせている。

戦っているのか？　よくみると、ひとりが来儀だった。まさか、襲われているのではないのか。ぞっとして、晧月は肉饅頭を放り投げて駆け寄った。腰に忍ばせている護身用匕首の柄を握る。

「兄上！」

駆け寄った晧月を認めると、来儀は白い歯を見せる。

「やあ、晧月！」

相手からひと太刀受けて、それを流すと「終わろう」と合図を出した。

「ああ、びっくりした。手合わせをしていたんだね。てっきり、誰かに襲われているのかと思った！」

「あはは。違うよ。二日も寝ていたから体がなまってな。少し体を動かしていた」

「兄上、手は？」

「問題ないよ。もう腫れも引いたし」

剣を握る来儀の右手には包帯が巻かれている。そのうえに手甲をつけていた。

「あまり無理をしてはいけないよ。俺、兄上が心配で」

「そんな顔をするな。大丈夫だ。見舞いに来てくれたのか」

「うん。肉饅頭を持って来たんだよ。もうすぐ昼餉だろう？　一緒に食べよう」

「そうか。じゃあ中へ。俺も喉が渇いた。……誰か、茶を持て。あと、晧月が来たので昼餉の用意を」

来儀の合図で側近たちや侍女らが宮へ入っていく。来儀は昨日まで臥せっていたのが嘘のように元気そうだった。額に汗が光っている。

客間に通された皓月は、座椅子に腰かける。来儀は茶をひとくちうまそうに飲む。しばらくすると昼餉の用意が始まった。建学は侍女たちに肉饅頭を渡すと、控えの隣室に下がっていった。

「回復がはやくてよかった。兄上はさすがだなぁ。運に味方された人間だよね」

「なんだ、もうちょっと寝込んでいてくれればよかったとでも？」

「違いますよっ！　ほっとしているんです」

「体が丈夫でよかったということだ。母上が毒素を体外に出す薬膳茶を差し入れてくれたし。皓月からの甘味も受け取ったよ。ありがとう」

そうか、きちんと届いていたのか。ありがとうと笑顔を向けられ、回復して本当によかったと思う。

「あまり長居はしないつもりだよ。兄上も忙しいだろうから。昼餉を食べたら帰る」

「そうか。執務が溜まっていてな。今度俺が病気になったら、皓月が終わらせてくれてもいいんだぞ」

「まさか。俺は兄上の代わりになんかなれないよ」

談笑していると、外が騒がしく数人の足音が聞こえてくる。なんだろう。

「徐賢妃様が参られました」

側近の声がする。晧月と来儀がいる間に、水色に黄色の花柄模様を散らした衣をまとった徐賢妃が姿を現した。伴ってきた侍女たちは一列に並び、ひとりが徐賢妃の手を取っている。

「ああ、母上」

晧月も兄と一緒に立ちあがり、挨拶をする。徐賢妃は晧月の姿を認めると、一瞬視線を鋭くした。

「来儀。お加減はいかが？　笑い声が聞こえたのでほっとしたところですよ」

「晧月が来てくれてね。昼餉を一緒に食べるところだ」

「そう。皆、毒見を必ずするように。怠ったものは舌を切って牢獄です」

ぞっとするようなことを言う。その場にいた寝宮の者たちに緊張感が走るのがわかる。

「来儀、お前の顔を見に来ただけだから。母は行きます。くれぐれも注意して生活なさい。誰がどのようにあなたを狙っているのかわかりません」

「わかりました、母上」

徐賢妃は再び晧月を見た。息子とゆっくり話をしたかったのかもしれない。邪魔されて不機嫌なのだろう。徐賢妃が視線を外し、侍女に手を取られながら後ろを向いた隙に、晧月は兄に耳打ちをする。

「俺は帰りますが」

「気にするな」

徐賢妃が立ち止まってこちらを振り向いた。来儀を真っ直ぐに見ていた。

「親子で因果なものね」

徐賢妃は笑えない一言を残して、早々に部屋を出ていった。

なんだか嵐が過ぎ去ったようで、しばらくは来儀も晧月も口をきかず昼餉が用意されていくのを見守っていた。

晧月は何気なく奥の部屋を眺める。鶴が描かれた衝立が置かれていた。その向こうに鏡台があり、寝台がある。

「母上にも心配かけてしまったからね。取り乱して大変だったらしくて」

「それはそうだよ。俺もとても心配したもの。慌てて……徐賢妃様も心労がお体に障らないといいけれど」

大丈夫さ、と来儀は笑った。粥《かゆ》に口をつけた来儀を見て、晧月も同じく粥を食べた。次に肉饅頭に手を伸ばす。ふたつに割ると、ほわんと豚肉のいい香りが立つ。ひとくちかぶりついた。美味しい。

「兄上、肉饅頭をどうぞ」

「ああ。嬉しいな。大好物だ」

「作りたてだよ」

来儀は肉饅頭を割った。

「なぁ晧月」

「なに？　兄上もはやく食べなよ」

「この肉饅頭にも毒が入っているのか？」

一瞬なにを言われたのか理解ができなかった。ゆっくりと来儀を見る。無表情で、それが逆に恐ろしかった。

「兄上……？」

まさかと思い、肉饅頭から手を放す。これは建学の手から宮の食事係へ渡っている。粥は飲み込んでしまっているので咳きこんでも無駄だ。

「冗談だよ。そんな顔をするな」

来儀は立ち上がって奥の部屋へ行き、すぐに戻ってきた。包帯をしていない手で卓の上に叩きつけたのは、金色の鷲の指輪だ。

「酷い目にあったね、兄上」

晧月の労《ねぎら》いに対して来儀は鼻を鳴らした。腹を立てているのだろうと思ったが、怒りではない。笑っている。晧月のことを真っ直ぐに見つめている。

「宝物殿にお前のお気に入りの女子がいることは知っている」

「兄上？」

来儀は急になにを言いだすのか。馬鹿馬鹿しいなと今度は晧月が笑ってみせたが、来儀の表情は硬いままだ。

怖かった。なにかが崩れる音がしている。腹の底が冷えてゆく。

「兄上、この指輪は誰に貰ったの？」

「俺を想うという手紙とともに、寝宮へ届けられたものだ。身分が違うから明かせない、どこかで恋心を持つ心優しき女子なのだなと思った。こういうことがなかったわけではないからな……」

「じゃあ、その女子が犯人だろう。捕えて罰しなければ」

「きっとお前の言うとおりだろうな。指輪を数日身に着けていれば、どこかで俺の姿を見て喜ぶのではないかと思った。しかし、まさか毒の指輪とはな」

来儀は鷲の指輪を親指にはめて、皓月の顔の前にかざした。

「この鷲の指輪は宝物殿にあったものだそうだな。宝物殿にはお前のお気に入りの女子がいる」

「なにを。兄上……？」

「指輪をして歩く俺の姿を見て、いい気味だと笑っていたのだろうな」

「違うよ。晶華じゃない。晶華は」

「庇いたい気持ちもわかるがな」

「晶華は、顔を隠した女子にこの指輪を見立てたのだと言っていた」

「そんな話を信じるのか？　そのときそばにいたのか？　お前は兄と下働きの女と、どっちを信じるのだ」

詰め寄られてなにも返せない。ただ晶華を信じているというだけで、なにも証拠がない。けれど、彼女が来儀に毒を仕込んだりするはずがない。だって、なんの利得もない。

「晶華とやらの話だって、誰かの作り話かもしれない。なにも信用できない」

「どうして兄上、そんなことを」

「皇宮にきたばかりの女子に、俺が恨みを買う覚えはない。それに、宝物殿のその女子とは話したこともない。だったら、おのずと犯人は絞られてくるだろう」

急に態度が変わってしまった兄の様子に、晧月は衝撃を受けてなにも考えられなくなった。

「お前が仕向けたのだろう?」

なに?　誰のことを言っているのだろう。

「弟か。ひとつも似ていない兄弟。皇帝という頂点からわけられた世継ぎというだけの存在だ。俺たちの関係などどそんなものだ。俺とお前が本当に皇帝の嫡子であるかどうかも疑わしい」

兄は見たこともない冷たい表情をしていた。

怒りより無念さより、悲しみで叫びだしそうだった。似ていないと囁《ささや》かれても、言いたい奴には言わせておけばいいと幼いころの自分を慰めてくれたのは来儀ではないか。

育つ環境がそうさせていったのか、腹の底にこんな想いを抱えていたなんて。お互いの母親のことも侮辱しているのではないだろうか。

「我が弟ながら情けないな。俺が憎いなら、面と向かってくればいい」

「そんな、憎いなんて思ったことはないよ！」

「腹のうちなどわからん。他人を巻き込まずに自分でやればいいものを。女子はただでは済まない」

「ちょっと待ってくれ、晶華はなにもしていないよ……！　それに俺は」

「そんなに大切か？　その晶華とやら」

　来儀の瞳の奥に、見たこともないような憎悪の炎が揺らいでいる。恐怖でなにも言えない。ひと言でも言葉を発したら、なにもかもが崩れてなくなりそうだ。

「あ……兄上。俺は兄上を尊敬しているし大好きだ。困らせるようなことはしないよ。それに、晶華はよき友人で」

「お前はいつもそうだ」

　こちらの言葉を遮る声が、まるで刃《やいば》のようだった。思わず声を詰まらせてしまう。

「好きだ、友人だ、尊敬している。そうやって相手の懐に入って気持ちよくさせて味方を作っている。そうしなければこの皇宮で生きていけないからな」

「そんな……」

　晧月は言葉に詰まる。涙が出そうになったからだ。

「兄上はそんな風に俺を見ていたのか？　仲よくしてくれているものだと……」

「弟をかわいがる兄でいれば皆が喜ぶからだ。本心じゃない」

「あ……兄上……」

「俺はお前のやり方が嫌いだ」

来儀の冷たい視線が突き刺さる。

「建学だってそうだろう。あれは頭が切れるが人づきあいが苦手らしいからな。なのに女子と遊び散らかしている。晶華とやらもここに流れ着いたどこの馬の骨ともわからない者なのだそうだな？　人としてどこか足りないのだ」

建学も晶華も、自分の大切な友人だ。悪く言われるのは耐えられない。でも、言い返せない。来儀は自分を疑い、嫌悪している。その様子がひしひしと伝わってきて、晧月の身動きを封じていた。

「足りない心の隙に入っていく。晧月、お前の得意技だ。懐に入って腹を裂く接近戦が得意な俺と、そこは兄弟なのかもしれないがな」

剣術が不得意で弓ばかり引いている晧月への嫌味だ。いままでこんなことを言われたことはなかったのに。

苦しくて悲しくて、なにも言葉が出てこない。

突然来儀が拳を振りあげる。殴られると思ったその刹那、卓上の食器と料理が飛び散った。物音に気づいて側近たちが駆けつける。その中に建学もいた。

「出ていけ。顔も見たくない」

鷲の指輪をした親指を握りしめるようにして、拳を卓に叩きつける。

なにかを言わねば。なにか、来儀の心をほぐせるような言葉を。自分の想いを、兄上のことが大好きで心配で、ここ数日生きた心地がしなかったことを。

言葉のかわりに目から雫がこぼれた。

「皓月様」

腕をつかまれて立たされる。建学が駆けつけてくれたのだ。物音を聞きつけて、誰かが呼びにいったのかもしれない。

皓月は、建学に引きずられるようにして来儀の寝宮を出た。

「兄弟喧嘩ですか？　仲のよい兄弟ですのに、珍しい」

「……ごめん」

「来儀様、気が立っていらしたのでしょう。遠征も控えている矢先にこのようなことになって」

来儀との会話を建学は聞いていないのだろうか。兄弟喧嘩よりも悲しいやり取りをした。命が削られてしまうようだった。

まさか、犯人だと思われようとは。

力なく歩く晧月を支えるようにして、建学が寄り添ってくれていた。

兄と友人を比べたからか。それとも建学の言うように、気が立っていてたまたま不機嫌だっただけだろうか。

俺が兄上に毒を仕込むわけがない。晶華でもない。信じてよ、兄上。

けれど、その言葉はどれも来儀の心に届かない。

あんな憎しみがこもった視線を向けられて、正気でいられるわけがない。怖かった。悲しかった。

ただただ建学の腕に縋《すが》って、涙をこらえるしかなかった。

＊　＊　＊

季節の変わり目には腰痛が悪化する。晶華には年寄り扱いされないようにシャンとしなければと思うが、寄る年波には勝てない。

「黄老師、ひざ掛け持ってきましたよ～」

「ああ、すまんな」

晶華が持って来てくれた起毛のひざ掛けを足に載せ、黄は書き物をしていた。晶華はよく働く娘だ。まるで孫のようだなと思いつつも、仕事を仕込まないといけないので厳しくもする。

自分がいなくなればこの宝物殿も廃れていくし、物置かなにかになるのだろうなと思っていた。手入れをしなければ建物は朽ちてゆく。黄は、宝物殿を年老いていく自分と重ねていた。用事のあるときだけ来客があり、いつもは誰も見向きもしない。過去どれだけの地位があったとしても、一線を退いており隠居のような生活だ。皇帝のそばにいくこともあまりない。あったとしても世間話の相手程度だ。古い建物である宝物殿の中には、輝く宝石がたくさん並ぶ。老いぼれても矍鑠《かくしゃく》としていたいという己のようだった。

気持ちだけは若いのだ。気持ちだけは。

そんな自分のところに、ひとりの娘がやってきた。武官と押し問答の末に泥だらけで。野良猫のように「忍び込んでいついた」というほうが正しいかもしれない。最初は、気味の悪い女子だった。正直、自分の下につけるとしても女子でないほうがよかった。どうにかして断り、妃嬪のひとりとして後宮に放り込むことも考えた。

しかし、華もないし特別美人でもない。逆に投げ返されてしまいそうだった。なにも持たなかった晶華は、堰《せき》を切ったように宝石への愛を語った。知識も豊富だった。遠い昔に滅びた輝峰国民族の文献でも読んだことがあるのか、宝石に物語や意味があると目を輝かせていた。面白い娘だった。この娘ならば引き継げるのではないか。そんな風に思った。

輝峰国の宝石は素晴らしい財産であり、歴史なのだ。受け継いで、残していかねばならない。

宝石は美しく光るもの、硬いもの柔らかいもの、様々な色や形をしている。人々は心奪われた。赤色に輝く鉱物を懐に忍ばせ戦で勝利したと聞けば、武器に装飾するようになったり、白い石を誤って飲み込んだら病が治ったと聞けば、粉薬にするようになったり。様々な文化に発展した。

美しい宝石は金になり富を生む。大きな富を持つ社会的地位をあらわす役目を持っていった。高貴な身分の者たちは、競い合うように希少で高価な宝石を買い、身を飾った。

宝石は人間の心も奪う。いつしか、歴史の中でひとつの民族が大きな力を持つようになる。彼らは王侯貴族や諸侯王専属の宝石職人として召し抱えられるようになった。古代輝峰国にある伝承や言い伝えなどから、宝石に意味や物語があるという付加価値を形作った。それを軸とし、持っていたら願いが叶う、思いが通じるなど、霊的なことにも利用されていった。その民族のなかに宝石を悪用する者がいたのだろう。病や呪術に利用し、心を操ると噂された。虜になり家督を潰すほど金をつぎ込んだ者もいた。言われたとおりにしたのにうまくいかなかったなど、怨恨を持つ者も出てきた。そして魔の民族と嫌われ、賀月森山の恵みを独り占めしていると他の諸侯王から恨みを買った。「滅亡」と歴史書にあるだけで、その民族がなにをしたのか詳細は伝わっていない。宝石研究の資料などもあったに違いないのに、すべて闇に葬り去られた。握りつぶされた民族の歴史は、もうどこにもなかった。

栄えた文化が廃《すた》れ忘れさられたあとも、賀月森山の鉱物は輝峰国にあり続けた。

歴史は繰り返し、この宝の山をめぐっては争いがたびたび起こった。治めるため現王朝初代皇帝が採掘、運搬、加工、市場の整備を行ったのだ。

そして現在に至る。時折、争いがないわけではない。しかし、輝峰国歴代皇帝は時に手に負えなくなるような宝石文化を泰平の世へ引き継いできたのだ。

自分もその一端を担っている。そう考えると力がみなぎる。なにせ、ひとりじゃないのだ。若い命がそばにいる。それだけで生活に張りが出るというものだ。

晶華がいると、晧月までやって来る。晧月には建学がくっついてくるし、胡徳妃が大勢の女子を引き連れてやってくる。

にぎやかになったものだ。

晶華の身上書を取らなかったのは明らかに自分の落ち度なので、胡徳妃に叱られても言い訳ができない。

「ああ～この蒼玉、こんなに美しいのに最良じゃないんだなぁ。どうしてだろう～鑑定機関が良をつけている。理由を知りたいよねぇわたしはわかんないけど！」

宝石に話しかける光景ももう見慣れたものだ。こうすると輝きが増すらしいが、晶華の勘違いだろう。

この娘が、かつての友人である朱新浩の孫だったとは。

黄は十五で科挙合格。皇宮で働くようになって数年のある日、ひとりの宝石職人に出会った。それが新浩だった。輝峰国の宝石文化を廃れさせたくないという思いが強い男だった。

彼が皇宮の宝物殿に来る日は出迎えに行き、酒を酌み交わしながら飽くまで将来の展望を語ったものだった。

新浩は、当時存命だった皇后からお抱えの職人にならないかという誘いを断り続けて、出入り禁止になった。勅命だったら処刑されていたかもしれないが、皇后も病気がちだったために強硬手段に出なかったのかもしれない。命拾いしたな、と思ったものだった。

しかし、残された晶華も苦労したのだな。引き取ったのが宝物殿でよかった。

身寄りのない子供を保護するような形で、皇宮や後宮の下働きをさせることは皇帝が容認している。逆賊の子孫だとか、謀反人が残した幼児などは奴婢《ぬひ》となるが、家が名家なのになんらかの理由で一家離散や不幸な事故、晶華のように保護者を亡くしひとりで流れ着いた場合は、能力や知識などを鑑みて宦官や侍女になったりもする。

黄としては、晶華は当たりクジだと思っている。よく働くし、識字教育も受けているから、読み書きができる。ちょっとぼんやりしているところがあるが、頭を抱えるような問題もなく数か月を過ごしている。黄に子や孫はいないが、もしも孫がいたらこんな感じかな、という疑似家族のような気分も味わえる。なんて言ったら、新浩に笑われるだろうか。

胡徳妃の一件で晶華は後宮内に名が知れた。胡徳妃はとにかく晶華を可愛いがっている。嫌がらせは紅透宮へ移ったらなくなるだろうから、それまでの辛抱だ。晶華は弱音を吐かないが、見ていてやらねばと思っている。

宝物殿も賑やかになった。今日も朝から侍女が数人でやってきては、キャアキャアと黄色い声に包まれていた。

これにわけがある。中央軍精鋭部隊による賀月森山麓への討伐遠征があるからだ。侍女たちが目当ての武官に対してお守りを買い求めているのである。晶華はひとりひとり丁寧に対応しているから、やたら時間がかかる。お守りなら水晶をばら撒《ま》けばいいではないかと言ったら怒られてしまった。「学問も剣術もこれひとつでよし！　なんてものはないです！　人の想いもひとつじゃないんですっ」と。

なんでもいいが、とにかく忙しくて疲れる。

「黄老師、あの鷲の指輪って金と銀がありましたよね。この陳列棚に並べられていたやつ」

「たしかに。金は来儀様のもとにある」

指輪に毒が仕込まれていた事件に関しては、大きな声では言えない。来儀は数日臥せっただけで大事に至らなかったらしいが、侍医たちに緘口令《かんこうれい》が敷かれたらしく誰も話題にしない。

「同じ日にあの指輪の金と銀が出たんですね。鷲は輝峰国では縁起物ですしね。人気なのかも……指輪職人に、形の違う鷺の指輪を発注したらどうでしょう？」

「皆、人と違うものを欲しがるからな。いいかもしれないいな」

売買の履歴を記載する帳簿には、鷺の指輪が同日に金銀それぞれひとつずつ出ていることになっている。銀については黄が記載したものだ。

陳列棚から銀の鷺の指輪がなくなっていることに気がついたのは、とある女子の対応を終え、見送ったあとのことだった。

自分がいたというのに大胆な犯行だ。中を見たいからと陳列棚の鍵を開けさせて、目を離した隙に盗《と》ったのだ。黄は気づいていた。玉かんざしを買っていった青鈴の仕業であることを。彼女がくる直前まで、晶華が指輪一覧を作っていて、書きつけと実物を確認していたからだ。

人には出来心というものがある。時間が経って返されることもあるかと思い、黄はそのままにしているのである。甘いと言われるだろうか。

しかし、気が重いことだ。晩節《ばんせつ》をなるべく清々《すがすが》しく日々を過ごしたいのになぁと思い、小さくため息をついた。その時だった。客の途切れた宝物殿に、ひとりの青年が入って来た。

「来儀様！」

「黄老師、ご無沙汰していた」

驚いた。まさか来儀がここ宝物殿に来ようとは。徐賢妃ならまだしも。もしかして鷲の指輪のことを聞きに来たのだろうか。とにかく失礼のないようにしなければ。屈強な側近も五人ほど引き連れている。威圧感が凄《すさ》まじい。野性味あふれる側近たちと違って、来儀はほっそりとしている。しかし、接近剣術に関しては中央軍精鋭でもかなわないと言われている。身軽に飛び回ってから相手に刃を沈ませるので、気づいたら斬られていた、ということらしい。

皇太子が空位のいま、立太子に来儀という声が多くある。しかし、皇帝が決断しないと太監たちが言っていたのを耳にした。来儀は妻帯をしていない。晧月が先に妃を娶っていたということを考えると、あきらかに差がある。ということは、晧月しかいないではないか。黄は単純明快な問題なのではと不思議に思っている。

陛下は聡明で心優しい晧月を皇太子に、軍最高司令官に来儀をとのお考えなのではないだろうか。

「晶華という者はいるか?」

あれこれと考えるうちに、意外なことを聞かれて答えに困る。兄弟してうちの晶華に興味がおありか。面白い。いや、面白がってはいけないが。

「はぁいー！　お呼びでしょうか」

「ああ、きみが晶華か。俺は来儀という」

「はっ！　来儀様！」

晶華は持っていた雑巾を後方にぶん投げると、バチィンと大きな音を立てて拱手をした。

「はは。元気な女子だな」

「晶華でございます。来儀様のことは秋花の宴のときにお見かけいたしました」

「おや、きみはあそこにいたのか。わからなかった」

来儀は首を捻っている。黄も着飾った晶華を見たが、いまの彼女とまるで別人だ。来儀が覚えてないのも無理はない。

「来儀様。本日はどのような御用で？」

「晶華、きみに頼みたいことがあって来た」

黄は来儀と側近たちを奥に通した。人数が多いので多少息苦しいが、仕方ない。

晶華に用事というので、黄が茶や菓子を用意した。

「俺は十日後に討伐遠征にゆく。無事にここへ帰り、陛下に勝利の知らせを届けたい」

「焰江軍の遠征ですね？」

「そうだ。その戦へ護身用のお守りを携えたい。宝石を見立ててほしい」

なるほど。お守りを自分で買いにきたのか。来儀ほどの男ならば、後宮の女子からお守りを山ほど貰うと思うが。指輪の毒事件のせいで、人から物を受け取ることに恐怖を感じているということもあり得る。

「戦のお守り……ですか」

「そうだ。怪我をせず必ず勝利して帰還する。そのためのお守りだ」

精悍な顔立ちに凛とした表情の来儀は、さすが皇子という佇《たたず》まいで、室内に緊張が漂う。まるで晶華を試しているようでもある。

晶華といえば、眉間に皺を寄せて唇を震わせている。

「ど……どうした。嫌か？」

「いいえっ！」

今度は首を横にぶんぶんと振っている。忙しい奴じゃ。黄にはわかるが、あれは喜んでいるのだ。

「ええ……どうしましょう。それってすごく滾《たぎ》る案件じゃないでしょうか。悪鬼も黙るといわれる来儀様の宝石をお見立てするの……」

もじもじと衣の袖をいじくりだした晶華は、上目づかいで来儀様を見ている。側近たちは笑い出しそうだ。

「悪鬼も黙る？　俺はそんな風に言われているのか？」

「はい。先日、庭の掃除をしていましたら武官殿数人がそのように話をしておられました！　ふふ……素敵ですよね。来儀様、絶対に紅玉《こうぎょく》がお似合いなのです。ふふ」

笑い出しそうな側近たちとは逆に、来儀の顔色は青い。おかしな女子に頼んでしまったと後悔しているのだろうか。来儀はこちらに視線を送ってきた。「こいつ大丈夫か？」といったところだろうか。助けてさしあげたいが、ここは余計な口を挟まずに晶華に任せたい。晶華も実績を積めば、宝物殿に晶華ありと居場所ができるのだから。

「……い、いいから笑っていないで、選んでくれないだろうか……俺も忙しいのだが……」

「はっ、しゅみませんっ」

来儀の言葉に、心ここにあらずの様子だった晶華が姿勢を正した。

「では、改めまして。……来儀様にお見立てしたいのは深紅の宝石、紅玉です」

「紅玉」

宝石の名を口にした来儀に向かって、晶華は頷く。

「少々お待ちください」

席を外した晶華は、裸石の陳列棚へ向かった。手袋をし、いくつか見繕っているのだろう。盆を持って戻ってきた。

黒い布の上には、大きさと研磨の形の違う紅玉の裸石があった。まるで血の塊が並んでいるようだ。

「焔江軍を率いる来儀様が持つに相応しい宝石です」

「理由が知りたい」

まるで人が変わったように話し方も顔つきも違う晶華に、少々驚いている様子の来儀だった。

「燃えるような赤から古来より勝利をもたらす石とされ、持つ者を危険や災難から守ってくれるのです。輝峰国歴史書に紐《ひも》づけた文献によりますと、千五百年前の天和《てんわ》三年に起きた南湖《なんこ》戦争では、輝峰騎馬隊天岩《てんがん》軍を率いた当時の第三皇子、伸瑛《しんえい》が、紅玉の勾玉《まがたま》を兜《かぶと》に着けて戦い大勝利を収めたとあります」

側近たちも含めて、その場にいた全員が興味深そうに晶華の話を聞いている。目が輝いている。自分もその将軍のようになりたいと思っているようだ。

紅玉の在庫はいくつあったかなと、黄は帳簿を捲《めく》った。

「宝物殿に立ち寄る武官たち皆に言っているんじゃないか？」

「いいえ。紅玉は高価で、ここにお持ちしたのはその中でも鳩《はと》の血の色と呼ばれる希少なものです。鑑定書にも最良の上の極上という印がございます。それに、同じ話をしても興味がなければその方のもとには行きません。それが縁です。惹かれず縁がないこともあるので」

晶華の話に来儀の表情がどんどん変わっていく。気分がよさそうなのだ。

黄にはわかるのだが、売りたいとか金儲けのために言っているのではない。押しつけられても気分が悪いだけだ。晶華は自分が大好きな宝石の魅力をただ語っているだけなのだ。

「万が一、戦に負けたらどうする？」

「そうなったら来儀様はわたしを罰しますか？」

「……試すようなことを言うな」

「もうしわけございません……しかし、宝石には意味や物語があります。心を導いてくれることでもありますが、依存せずに、進む道を決めるのは自分自身だと思うのですが」

「……それもそうだ」

「来儀様はご自分が負けるとお思いですか？」

黄は少しひやりとした。皇子に対して言っていい言葉ではない気がした。無礼だと斬られても仕方ない。来儀は気性の荒い人ではない。しかし、いくつもの戦場を抜けてきた武人だ。

誰も口を開かない。黄の背中を一筋の冷や汗が伝ったとき、来儀はふっと表情を和らげた。笑っている。

「いや。必ず勝利して戻ってくる。戦の大小にかかわらず」

「そうおっしゃると思っていました」

来儀の器の大きさもさることながら、晶華の物怖じしない受け答えも恐れ入る。恐れ入るというよりも心の臓に悪い。

「よし、決めた。赤は好きな色だし、紅玉が持つ物語にも惹かれた。決めたよ」

明るい表情の来儀を見て、側近たちも笑顔である。手を叩く者もいる。

「それはよかったです。いくつかございますが、どれがよろしいですか？」

盆の上に並ぶ紅玉を、来儀はじっと見つめていた。

「行儀よく整列して、来儀様が選んでくださるのを待っているみたいです……僕を選んでよっ、いいえ、あたいよっ……」

晶華は気味の悪い一人芝居が始めたが、側近に首根っこをつかまれ終了した。

「じゃあ……この右から二番目の四角のものにしよう」

来儀は腕を伸ばして、紅玉のひとつを手に取った。そのとき、晶華は来儀の袖口を覗き込んでいる。叱られてしまうではないか。黄はひやりとした。

「あ。来儀様も素敵な腕輪をしていらっしゃる」

「うん？　ああ……陛下から賜ったものだ。皇子は皆、特別な腕輪をしているよ。晧月もそうだ」

「晧月様は翡翠の美しい腕輪をしていらっしゃるんですよねぇ……とっても素敵でした。あれはもう涎ものです。舐めたいなと思ったのですがそんなことをしたら打ち首になっちゃいますし」

「……そうか。晶華、腕輪のことよりも、俺の話を進めてくれんか」

つい意識をどこかへ飛ばしてしまう晶華にあきれたように、来儀は卓を指でトントンと叩いた。

「あっ、失礼いたしました……そうだった紅玉。この子、凄く深い赤をしていますよねぇ」

黄もほっと胸を撫でおろす。話が成立したので、来儀のそばへ向かった。

「来儀様。ありがとうございます。よい宝石を選ばれました」

そう伝えると、来儀は満足そうな笑みを浮かべて懐から短刀を取り出す。

「この匕首の柄頭にはめてくれないか」

上等な細工が施されたものだった。輝峰国皇族専属の刀鍛冶がおり、その刀剣には銘がつき皇族しか帯剣することが許されない。柄には赤茶色の革巻き。鞘《さや》には黒漆螺鈿《らでん》細工が施されることが多いが、来儀が所持するもののように朴《ほお》の木そのままに直接木彫り細工をしたものもある。来儀は飾りたてるよりも実用性を重視しているのだろうか。

「……承知いたしました。職人に手配をします。三日お待ちください。完成したらお届けします」

黄は長方形の黒漆の保管箱を用意する。来儀の選んだ紅玉と、匕首を保管箱に収めた。

話がまとまった。黄はほっと胸をなでおろす。自分だったら来儀に宝石を見立てることはできないかもしれないと考えると、晶華はよくやったと思う。

「完成した匕首を届ける時は、晶華を使わすように」

「は……晶華を、でございますか？」

「そうだ。ささやかだが本日の礼をしたい」

黄は来儀の言葉に耳を疑う。兄弟で晶華に興味を持つのか。面白いな、などと思ったら咎《とが》められるかもしれないが。

「……ふっひっ！」

さすがの晶華も驚いている。

「どうした？　不満かな？　俺はきみが仲よくしている晧月の兄だよ。同じように話をしてくれると嬉しいが」

「は、ひあ……はい……身に余る光栄です」

「そう怖がらなくても、取って食いはしないよ」

では、と言って来儀一行は宝物殿を出ていった。晶華とともに見送ったあとはどっと疲れが出てしまった。

「侍女だの宦官の相手をするのとわけが違うな……」

「そうですねぇ……はあ、疲れました。老師様、月餅あるので食べましょうよ」

「月餅？　そんな菓子があったかな」

「晧月様がくださったんですよ」

無邪気というか能天気というか。晶華は自覚というものがないのだろうか。皇子が菓子を持ってくるなど、どれだけ特別なことなのか。

「楽しそうだな、晶華」

「はい～！　宝石を愛でて美味しいお菓子を食べて、幸せです」

「はは、それはよかったな」

「老師様とこうしておしゃべりをしていると、爺様を思い出します」

にたぁ、という笑顔はもう見慣れて、可愛く思えるから不思議だ。さて。もう半月もすれば雪が降るだろう。雪が降る前にやらねばならない外仕事もあったりする。今年は晶華がいてくれるので、手が増えて助かる。今度、都で人気の点心を買ってやろう。

仕事を片づけてしまおうと、黄は書斎に引っ込んだ。

＊　＊　＊

胡徳妃が寝酒を経て寝台に横になるのを見届けて、青鈴は紅透宮を抜けた。

晶華が紅透宮の侍女たちが暮らす住まいに移ってくる。厄介なことではあるが、胡徳妃がそう決めたのだから覆らない。皇帝は口出ししないだろう。息子の晧月は晶華と仲がいいし、話は決まってしまったのだから。

自分が怪しまれるようなことは排除しておかねばならない。

後宮の塀の皇宮側の見晴らし台に上って宝物殿を見る。煌々《こうこう》と明かりがついていて、開けられた扉からは晶華がちょこちょこと出てきた。まだ仕事をしているのだ。黄老師もいるのだろうが、最近は寒さがこたえて膝が痛いという。動きが鈍いに違いない。

やるならいまだ。

青鈴は外套《がいとう》の帽子をかぶる。夜に紛れるように外套の色は濃い灰色だ。真っ黒だと余計に目立つと、かつて武官で名を馳せた父が語っていたからだ。

後宮は侍女も含め簡単に出入りはできないが、抜け道はあるのだった。外壁の一部が朽ちて、生け垣だけになっている部分がある。そこから晶華たち下働きの女子たちが暮らす舎殿へ抜けられる。武官や宦官が、恋人の侍女や宮女と逢引《あいびき》をするために使われることがある。

青鈴は生け垣を抜け、静まり返った舎殿の入口まで行く。そこにひとりの女子が枕を持って立っていた。

晶華が暮らす部屋は大部屋だ。青鈴は同室の下女をひとり、事前に買収していた。

「青鈴様……」

「静かに。こちらへ枕を寄越しなさい」

この枕は晶華のものだ。枕は袋にぼろ布を詰め込んであるだけの粗末なもの。ここに銀の鷲の指輪を隠したのだ。青鈴は枕に手を突っ込み探った。指先に硬いものが当たる。

「あった」

指輪は入れたときのまま、枕の端にあった。ここは顔が当たったりするはずなのに、気づかないで今日まで使っていたのだろうか。あの娘の神経を疑う。

「金はこれよ。枕を元に戻して、あとは今日のことは口外しないように。徳妃様の命だから余計なことをしたら……わかっているわね」

下女はこくりと頷くと、枕を抱えて舎殿に戻っていった。

徳妃の命などではない。自分より立場の弱い人間に、高位の名は都合がいい。言うことを聞いてくれるからだ。指輪を握りしめて、青鈴は再び生け垣を潜《くぐ》り抜ける。仕事は早めに済ませてしまおう。戻って明日の支度の準備もしないといけない。長時間抜けているると他の侍女たちに変な目で見られる。

それでなくても、少し前は建学と逢引をするのに、頻繁に抜けていたから……いまは声がかからないけれど。

青鈴は後宮には戻らずに宝物殿へ向かう。木陰から見ると、晶華は宝物殿前の丸池の畔でなにか作業をしている様子だった。笑ったり、月を見あげたりしているので気味が悪かった。こちらに背を向けたので、青鈴は宝物殿の壁伝いに入口へ向かった。扉は施錠されていない。黄老師がいるのだと思うが、入口から姿は見えない。

懐から銀の鷲の指輪を取りだした。この指輪を盗んだ陳列棚が見える。もう一度晶華を確認しようと、振り向いた。

「青鈴様」

「……え、晶華」

丸池の畔にいたはずだった晶華が、後ろに立っていた。あまりに驚いて、握っていた指輪を落としてしまった。

晶華は、足元に転がって来た指輪を拾いあげる。

なんと言い訳をしたらいいのだろう。頭がまわらない。ふたりのあいだの空気が凍りついたようだった。指輪を手にしてしばらく黙っていた晶華は、青鈴をじっと見て口を開いた。

「この指輪、探していたのです。どこへいっていたのか……羽が生えてしまったのでしょうか」

にいっと口角があげられる。その笑顔は見惚《みと》れるほどに美しかった。青鈴は何度も瞬《まばた》きをする。

「見つけていただいて、ありがとうございました。青鈴様」

「あ……晶華、私ね。違うのよ」

「誰にも言いません」

見間違えなのか。やましい自分を正当化したい心理が見せた、幻覚だろうか。晶華はこんなに美しい娘だったのだろうか。いつも気味の悪い薄ら笑いを浮かべた女子とは、まるで別人に見えた。

青鈴は怖くなって、黙ってその場を去った。

誰にも言わないという晶華の言葉を信じるしかなかった。

兄の信用をいっぺんに失ってしまってからというもの、ため息ばかりが口から出てくる。ため息は寒空に白く溶けていく。弓を引き、鬱々とした気持ちごと射る。放たれた矢は、タンッと音を立てて霞的《かすみまと》に突き刺さる。正確にいうと音だけで当たっていると判断している。的はよく見えない。松明《たいまつ》に火を灯してあるが、申し訳程度の明るさしかない。半月の月明かりが注ぐが、遠くにある的はよく見えない。それに、あまり煌々と明るいと、誰かが起きてきてしまうかもしれない。それも煩わしかった。

ひとりになりたかった。だから、建学も伴わなかった。

ここは外城の南側にある射場《いば》。

皓月は幼い頃から、嫌なことがあると日が沈みあたりが暗くなってから弓術の稽古をする。稽古というよりも、心にかかった暗雲を取り除きたくて、一心不乱に的を射る。指から血が流れても、頬に傷がついても。皇后の皇子ふたりが死んだときもそうだった。向こうは皇后の子、皓月と来儀はそうではない。なのに、あのふた

＊
＊
＊

りは死んだ。皓月と来儀は生きている。

恐怖を忘れようと無心で矢を射った。

来儀にも聞きたいことがあったのに。目元にほくろのある女子を知らないか。狙われる心当たりはないか。犯人の目星はついているのか。

討伐遠征までになにか手伝えることはないか、無事と勝利を願って一席設けたいと思っているんだよ……。

申し開きも口に出せないまま、こんな風になってしまった。

思えば来儀とはあまり喧嘩《けんか》というものをしなかった。皓月がわがままを言っても兄は優しく笑うからだ。

建学が言う「兄弟喧嘩」とはこれなのだろうか。命を狙われ、血のつながった弟を疑うことを喧嘩というのだろうか。

もう一刻もここにいる。吐き出す息は相変わらず白い。体が冷え切る前に寝宮へ戻ろう。気が済んだかというとそうではない。今夜も眠れない夜を過ごすことになりそうだ。

もっと朗らかに生きられたらいいのに。くよくよと考えずに、おおらかに。そう、命の危機から抜け出して後宮へ入った自分の母のように。壮絶な生い立ちに負けずに、たったひとりでここへ来た晶華のように。

なぜ俺は……。

道具一式を担いで戻る道すがら、なんとなく足が宝物殿に向かう。黄老師と晶華はいるだろうか。どちらかだけでもいい。

ただ誰かに話を聞いて貰いたいだけかもしれない。ならば建学を呼べばいいのだろうが。

ひとりになりたくて射場にきたのに、誰かと話をしたくて宝物殿に向かっている。

「馬鹿だな」

己をあざ笑いながら、宝物殿に灯りが見えて歩調を速めた。

「晧月様？」

宝物殿の前の丸池に差し掛かったとき、呼び止められた。振り向くと、池の畔に座り込む晶華がいた。灯をともした燭台を持って、盆をいくつもならべていた。

「晶華？　きみはこの寒空でなにをしている？」

「え〜なにをしているなんて、それは晧月様のほうです。わたしは仕事をしているのですもの。こんな冷える夜に弓矢のお手入れですか？　ああ、射場に行かれたのですね」

担いだ荷物から読み取ったのだろう。晶華は相変わらず人をよく見ている。

「うん。……ちょっと眠れなくて」

「大丈夫ですか？　建学様はご一緒では？」

「ひとりだ」

「そうですか。あ、中へどうぞ。火鉢を入れましたので暖かいですよ。黄老師がいびきをかいていますが」

「いや。少し話したら戻るから。それに黄老師を起こすのも忍びない」

立ちあがろうとする晶華を制する。皓月は近くの岩に腰をおろした。このままここで少し話をしたかった。

「晶華はなにをしている？」

心配そうにこちらを見ている晶華だったが、再び元の位置に膝をつく。よく見れば、冷えないように敷布のうえに座っているのだった。

「月光浴です！」

「げっこうよく？　日光浴みたいなことか？」

「はい。宝石たちに月の光を浴びてもらって、浄化しているんです」

「それで浄化になるのか。水で洗うならわかるけれど」

「もちろん、水で洗う方法もありますよ。けれど、水に弱いものもあるので。太陽の光で浄化する方法もありまして、太陽の光に弱いものはこうして月光浴をします」

布を敷いた盆がいくつかあり、その上に大小色とりどりの宝石が並んでいる。月の光を受けてきらきらと輝いている。

「きれいだな」

「はい。とっても。ずっと見ていられます。宝石は人が触れるとよくも悪くも影響を受けます。花がいつまでも綺麗に咲くように、宝石もお手入れが必要なんです。悪い気を取り除いてあげないと、元気がなくなってしまいます」

皓月は夜空を見あげた。半分になった月がふくよかな光を放っている。

「本当は満月がいちばんいいのですけれど、このあいだの満月の夜は風が強くて外に出せなかったのです。散らばってしまったら大変ですから。今夜みたいな半月でも効果はあるので」

「ふうん。月光浴に日光浴か。ほかにはどんな浄化方法がある？」

「お香の煙を浴びてもらったり、水晶のさざれに置いたりします。水晶は浄化の力が強いですから。あとは土に埋める方法もあります」

「いままで宝物殿でそんなことをしていたのか？」

「布で拭いたりするくらいだと黄老師がおっしゃっていました。人から人へ渡っていくものですし、質流れの品もやってきますから、埃をかぶったのは綺麗にしてあげていたみたいです」

宝物殿にはたくさんの宝石や宝飾品がある。そのひとつひとつがどんな人間が所持していて、どんな経緯を経てここへ来たのか、物語を持っている。

立ちのぼるなにかが見えているかのように、月光浴をさせている宝石に向かって晶華は手をかざしていた。

「元気がないようなものは、こうしてお手入れをしています」

「わかるのか？」

「なんとなく」

皇宮という人の心が渦を巻いているような場所にあるから、余計に毒気などに当たってしまうのかなと考える。相手は宝石だというのに。

「黄老師も、きみが来てくれて助かっているのだろうな」

「だといいのですが……実際お役に立てているのかわかりません。わたしはまだ見習いの身ですし。老師は最近腰だけでなくて膝も痛いらしく、冷え込んできたので辛いみたいです。もうちょっと厚手のひざ掛けをお持ちしたいのですけれど、わたしの給金だけではなんとも」

「晶華、自分の給金で黄老師にひざ掛けを買ってやっているのか？」

「はい。わたしにはこれぐらいしか恩返しができません」

「恩返しの気持ちは素晴らしいと思うが、老師は知っているのか？　きみ自身の給金がなくなってしまうではないか」

「支給品だといってお渡ししていますので。わたしはお金を使うところがないですし」

なんとも健気《けなげ》だなと思う。出入りの商人に上質なひざ掛けを見繕ってもらうよう声をかけよう。建学にも聞いてみなければ。

仕事の邪魔にならないよう、皓月は晶華の様子を見ていた。硝子《ガラス》蓋のついた陳列箱には、吐息で飛んでしまいそうな小さな宝石が並んでいた。大きさによって入れ物を変えてあるのだろう。晶華は宝石をのぞき込んだり、向きを変えたりしながら穏やかな表情をしていた。

今夜は風もなく静かな夜だ。騒がしいのは己の心だけ。

「皓月様もなんだか元気がないみたいです。こう、手を広げて月光浴してくださいね」

晶華の言葉がしんと心に染みてくる。言われたとおりにしてみる。なにも言わないのに、元気がないように見えるのか。間違ってはいないので否定はしない。

「月が力をくれるかな」

「輝峰国皇子殿下ですもの。特別です。きっと月は力を授けてくださることでしょう」

「俺だけ特別か」

「はい。宝石に関していえば、月光が力を授けてくれるわけではないんです。浄化ですから。力が増大したりはしません」

「俺もこのまま変わらないんじゃないか?」

「皓月様は宝石じゃないですから。人間ですし、皇子殿下ですから」

「……理屈がよくわからないぞ」

「そうですね。わたしもよくわかりません」

なんだそれは。思わず笑ってしまうと、晶華が目を細める。

「よかった。皓月様、笑ってくださった」

長い前髪が被《かぶ》さる目が、じっとこちらを見ている。みっともないな。心配してくれているのだ。

「胡徳妃様も心配なさるでしょうから。あの薔薇のような美しいかんばせが曇るのかと思うとわたし……つらい……」

「待て。俺のことではなくて母上のことか」

「あ、いえ。すみません」

正直だなぁ。またおかしくて笑みが漏れる。

「母上を心配させては、親孝行とはいえないな。晶華も心配してくれてありがとう」

「皓月様は健《すこ》やかでいてください。皓月様は最初から優しくしてくださいましたから。ときどき持って来てくださるお菓子は嬉しいですし、おしゃべりはとても楽しかったですし。わたしは友人がいませんので」

「それはなによりだ」

「皓月様のおかげです。黄老師も、皓月様の話し相手をするわたしを認めてくれて、お仕事をさせてくださるようになった気がします。老師とよく話しています。皓月様のお姿を数日見かけなければ、元気でいらっしゃるだろうかと気になって」

自分のことを気にかけてくれる人間がいるということは、心地よいものだ。いま降り注いでいる月光のようなものだなと、晧月は思う。太陽の光のように明るく照らすだけが愛情ではないのだと、後宮にいる女子たちを見ていると感じる。

「老師、建学様、青鈴様、胡徳妃様……ここへ来て優しい方々と出会いました。皆さんの健やかな日々を願えるって、幸せだなぁと思うんですよね」

「そうだな」

「階段で転べばいいとか、箪笥《たんす》の角に小指をぶつければいいとか思うよりは」

「たしかに」

建学は優しいのだろうか。いじめたりはしていないだろうけれど。晶華にとって優しい人間の認定を受けているのなら、我が側近として喜ばしいことだ。

晧月は来儀の身を案じている。申し開きを受け入れてもらえないほど、嫌われてしまったとしてもだ。兄弟だから。

「この月光浴で、わだかまりとかが溶けてくれたらいいのになぁ」

「わだかまりですかぁ。……お聞きしてもいいでしょうか。どうしたんですか？晧月様。なんだかさっきからため息ばかりついています」

宝石に悪い気が溜まっているのがわかるなら、人間が落ち込んでいることも気づくのだろうな。晧月は小さくため息をついて、口を開く。

「兄上と喧嘩をしてしまってね」

　さらっと言えた自分に驚く。建学にもきちんと話していないのに。晶華には話したのかとまた怒られてしまいそうだ。

「そうですか。兄弟喧嘩とはどういう感じがするのでしょうね」

「さぁ。人それぞれ違うとは思うが、毒を仕込んだり弟を疑ったりするのはここ皇宮だけだと思う」

　こんなことを晶華に話してなにになるのだろうか。月の光がそうさせるのだろうか。

「皓月様。わたし、先日気がついたのですけれど」

「なんだ？」

「来儀様、睫毛の生え際にほくろがあるんですね」

　晶華は自分の目元を指さした。

「そうだよ。よく気づいたね」

　幼い頃から知っていた。自分にはない。あってもなくても兄弟だということに変わりはないのだけれど、なぜか残念に思ったことはあった。

「目元にほくろのある人間なんて、ごまんといる」

「そうですね」

「兄上に会ったのか？」

晶華がこくりと頷いた。ぞっとした。思わず晶華の頭から足までを見てしまう。怪我はなさそうだが。

「なにかされたか？」

問うと晶華は首を横に振る。

「昨日のことです。今度の討伐遠征のお守りがほしいと、宝物殿にいらっしゃいました」

お守りのためなのか、それとも晶華を見に来たのか。どちらだろうか。あの言い争いをしたからか、来儀が晶華になにかしたのではないかと勘繰ってしまう。

「晧月様のときのようにはっきりと見えたわけではないのですが、腕輪をされていました。金細工に黒曜石が並べられた素晴らしい腕輪をなさっているのですね。来儀様は袖の締まった武人の衣を着ていらっしゃるから、よくは見えなくて」

皇子用のゆったりとした衣の用意があるが、来儀は「剣さばきの邪魔になる」といって、正装のとき以外は着ない。

「さすが目ざといな。あの腕輪も父上からの贈り物のはずだ。特別に作らせたものでで……」

「宝物殿に来た顔を隠した女子も、同じ黒曜石の腕輪をしていました」

一瞬なにを言われたのかわからなかった。出来事と見聞きしたことが繫がるまでに時間がかかる。

「晶華。けっこう重大なことだな、それは」

「そうでしょうか。そうかもしれませんね。でも、そうではないかもしれない。そうではないかもしれないけれど、どうだろう」

「……混乱するからやめてくれないか」

皓月は頭を抱えた。自分も落ち着かなくてはいけなかった。

「知っていて黙っていたのか。晶華、きみは本当になにも言わないんだなぁ」

「爺様が、余計なことをいうな。知ったことをすぐに他人に話すなといっていたものですから。黙っていれば下手に腹の内を探られることもないですし」

晶華の爺様の教育方針はいいのか悪いのか。なんだかよくわからない。

「腕輪はふたつあるのでしょうか。同じ腕輪をする人間がいるのかもしれませんね」

「皇宮内にか？　あり得ないな」

黒曜石の腕輪が珍しいわけではない。裕福な貴族なら、金さえ出せば手に入るだろう。特別に作らせた腕輪だということは、自分の翡翠の腕輪にも言えること。輝峰国皇子に与えられたもので、ふたつは存在しないのだ。

心に熱された鉄が注がれるような感じがする。どういうことなのだろう。

来儀になにが起きているのだろう。

ぎゅっと目を閉じたとき、隣にいた晶華が突然立ちあがった。

「興奮してきたので、わたしも皓月様に特別にお見せしたいものがあります！」

こっちは気が重いというのに、この娘は興奮しているというのか。自分たちのことを面白がっているのではあるまいか。しかし、ここで目くじらを立てても仕方がない。

「……急だな。なんだろう」

晶華はまた腰をおろす。正座をして居住まいを正し、あたりを気にしながら口の前で人差し指を立てた。こんな夜更けに誰もいるはずがないのだが。

「いいですか？　これです……内緒ですよ……」

言いながら、晶華は首にかけていたものに手をかける。ぼろぼろになっている結び紐で編んだ首飾りを引っ張った。きらっと光るものが衣のあいだから出てくる。

「なんの指輪だろう？」

「月長石《げっちょうせき》です」

「……綺麗だな。重湯みたいな色だ」

「お、重湯……」

たとえが悪かっただろうか。晶華が唇を尖《とが》らせている。

彼女は人差し指にその指輪をはめた。金色の台座に玉を半分にしたように研磨された白っぽい月長石が載っている。月の光にかざして角度を変えて見せる。虹色に輝くので、たしかに重湯ではない。

「取られたら大変なんでこうして首に繋いでいます。金だし月長石だし、お金になりますからね……ふふ」

「よく無事だったたな。きみを助けてくれた異人の商人に盗まれなくてよかった」

偶然が重なってここまできたとしか思えないので、晶華も指輪も幸運としか言いようがない。

「寸法が大きいのでわたしはどの指にも合いません。これは爺様の形見です。代々、朱家に伝わるものだとか。誰にも渡せません。これだけ持ち出せたんです。爺様の持ちものはこれしか残っていません」

たしかに晶華の人差し指には大きすぎて落としてしまうだろう。首飾りにしたのはいい案かもしれない。裸にならなければ隠しておけるし。

「この月長石の指輪は、わたしが持つ虹色のものと、もうひとつ黒のものがあるんです」

「黒い月長石なんてあるのか？　俺は白っぽいものしか知らないが」

「あります。たしかに、輝峰国で黒月長石は希少です。月長石が産出されていた賀月森山の月長石鉱山は枯渇してもう採れません。新たに鉱脈が発見されなければ、いまあるものしか手にできません」

「滅びた民族が鉱山を占領し、月長石を掘りつくしたという話もあるな」

どうなのでしょうね、と晶華は笑う。

「晶華の爺様の黒月長石、どこにいったのか見当は？」

「火事のどさくさでどこかへいったか、売り飛ばされたか。それか異人の商人様が持って行ってしまったか。わかりません」

「爺様の形見なのだから、探しているんだろう？」

彼女は頷くが、途方もないことだと思う。

「わたしが宝物殿で働く意味は、黒月長石が、ここにある虹色の月長石に引かれて流れてくるのを待つためです」

夜空を見あげて、晶華は切なそうに白い息を吐く。

見つかるといい。言葉はかけなかったが、宝物殿にいる晶華のもとに黒月長石が流れてくるといい。たとえそれが途方もないことだったとしても。

輝峰国の頂点に立ちたいわけじゃない。そんな気持ちはない。ただ穏やかに皆が笑って幸せに暮らせればそれでいい。母が、兄が、父が。友人たちが。自分が慕うすべての人たちが健やかで幸せであればそれでいい。跡目争いで命が散ることと歴史が心底嫌だった。

本当はこんな場所、なくなればいいのに。しかし、自分は輝峰国皇子。この運命からは逃れられない。

そこまで思って、母と自分は似ているのだなと気づいた。居場所が憎かった母はその場を出てきた。息子の自分は、居場所を憎もうとしている。

「皓月様、お渡ししたいものがあります。これはわたしが持っているべきではないと」

遠慮がちに晶華が拳をこちらへ突き出した。なにかを握っているのか。皓月は受け取ろうと手を差し出した。晶華が拳を開くと、指輪がひとつ姿をあらわした。

「これは……」

「鷲の指輪です。しかし、来儀様が持つのは金、こちらは銀です」

「この指輪に金と銀があったのか？　どういうことだろう？」

「実はこちら、宝物殿からなくなっていたのです。しかし、戻ってまいりました。とある女子の手によって」

女子とは、来儀に毒を仕込んだ指輪を贈った者？　いやでも、来儀へ渡った指輪は金でここにあるのは銀の指輪だ。

理解できずに混乱していると、晶華が指輪を皓月の手に載せる。皓月はそれを、晶華の手ごと握った。

「わわ、皓月様？」

「晶華、きみはなにか知っているのか？」

「知りません……」

晶華の鼻の穴が膨らんでいる。それを見て皓月はちょっと笑ってしまった。

「きみは嘘をつくのがとても下手なのだな……」

「う、嘘なんてっ！　ついていませんっ！　手を放してくださいよう……建学様にまた怒られてしまう」

「ちょっとのあいだ、こうしていていいか」

晶華の手は冷たかった。あいだにある指輪も、翡翠の腕輪も。心にある不安のせいでなにもかもが冷たい。

「晧月様の手、あ、あったかいです」

「そうだな。人の手は温かい」

この指輪の意味はなんなのだろう。わからない。胸騒ぎはなくならない。晶華の手が晧月の体温で温められていくように、なにもかもが穏やかになっていけばいいのに。

晧月はぎゅっと目を閉じた。「晧月様」と晶華に呼ばれたので、目を開ける。

「明日の昼、来儀様がご注文された匕首が出来あがってまいります。早速寝宮へお届けにあがるのですが、この晶華をつかわすよう命が下っております」

「そうなのか」

なぜだろう。また背筋が冷たくなる。

「晧月様、一緒に行ってくださいませんか？」

「……わかった」

皓月は、なぜかとも聞かずに返事をしていた。そして繋いでいた晶華の手を放した。銀の指輪は左の人さし指にはめた。

弓道具一式を担いで寝宮へ戻るあいだ、自分が吐き出す白い息を見ていた。建学はもう眠っただろうか。そう考えながら寝宮へ辿り着くと、入口に建学が立っていた。

「殿下。こんなに遅くまで弓を？」

そう問われてもなにも言わない皓月に、建学はそれ以上話しかけようとはしなかった。弓道具一式を預かってくれる建学の手も冷たくなっていた。眠らずにずっとここに立って待っていたのだろうか。

こうして支えてくれる忠臣がいることは幸せだった。彼らを守らねばならない。あと数時間で夜が明ける。やはり今夜は眠れそうにない。

第五章　運命と未来

ず。

欠伸《あくび》が止まらない。建学は本日何度目かの大きな欠伸をした。袖で隠すこともせ

我が主は夜遊びをして真夜中に寝宮へ戻ってきた。

夜遊びといっても、女子のところへ通ったわけではない。部屋から弓道具一式がなくなっていたので、射場にいったのはわかっていた。晧月は昔から、心を落ち着けたいときに射場で無心に的を射る。久々だなと思って、後を追うことはしなかったが、待てど暮らせど戻ってこない。なにかあったのではないかと不安だったが、大人しく帰ってくるのを待っていたのだ。

案の定思いつめたような顔をして戻ってきた晧月は、そのままなにも言わずに寝室へと直行したのだった。そして、朝餉にはきちんと起床してきて、特別変わったところはなかった。風邪でもひいていたら大変だと思ったが、体調もよさそうだ。

自分はこんなに眠いのに。

「くわぁ……」

「おーい、建学」

「はっ、晧月様。はーい、お呼びですか」

昼餉も間近というときに、晧月に呼ばれた。欠伸をかみ殺しながら駆けつけると、晧月は侍女たちに身支度をさせていた。出かけるのだろう。

「紅透宮へいく」

「お約束でしたか？　前触れの者を出しますが」

「いい。晶華が先に行っていて、母上にも伝わっているはずだから」

建学が知らないのに、なぜそこに晶華が出てくるのだろう。宝物殿は胡徳妃管理下だからというのは理解している。でも、あの女子は誰の侍女でも側近でもないのだが。

「……晧月様。もしかして昨夜は宝物殿にいらしたのですか？」

「そうだよ」

それがなにか？　とでも言いたげな晧月の表情だった。

「射場から帰るときに、外で仕事をしていた晶華とたまたま会ったから、そのまま少し世間話をしていただけだよ。殿には黄老師がいたし」

「外でですか？　あの女子、殿下を中に入れずに？　茶も出さずにですか？」

大切な大切な皇子である晧月をなんだと思っているのか。あの娘は。相変わらず癪《しゃく》に障る。建学は鼻息が荒くなった。

「いいんだよ、そんなこと。仕事中なのに邪魔したのは俺なのだから」

「しかし」

「いいから。よし、準備できた。建学、行くよ」

「……承知いたしました」

いけない。本当に晶華に嫉妬をしているではないか。これでは、建学のことを奪い合う侍女たちと一緒ではないか。もしかして因果応報か。取り合うのを見て存在理由と価値を見出《みいだ》すという悪趣味が、まわりまわって己に返ってきたのだろうか。

「建学、なにひとりでぶつぶつ言っているんだ」

「は、申し訳ございません。晧月様。ちょっと寝不足で……」

「夜遊びが過ぎるんじゃないか？」

どの口が……と思ったものの、言えるわけがなく。

とにかく、欠伸を堪《こら》えながら主と一緒に紅透宮へ急いだのだった。

差し入れの茶葉を携えて、外城から後宮敷地へ入っていく。

後宮庭園の木々の葉はすっかり色づいて、秋の深まりを感じる。葉がすべて落ちてしまっているものも見かける。落ち葉の掃除が大変そうだ。澄み渡る秋の青空と紅葉の調和が素晴らしい。こんなにも美しい景色なのに、またあの女子に振り回されているのかと思うと腹立たしい建学なのだった。

ほどなくして紅透宮の入口に到着する。宮の侍女たちが迎えてくれる中を奥へと進んでいく。室内は火を入れていたようで、外より暖かかった。

青鈴がやってきて「胡徳妃様がお待ちです」と微笑む。その後ろからひょっこりあの女子が顔を出した。

「晧月様、建学様。こんにちは」

「やぁ晶華。昨夜はすまなかったね」

「いいえ。寒かったですし、風邪ひきませんでしたか?」

なんだそれ、ふたりだけでの会話をするのやめろ。この建学をのけ者にしないでほしい。

晶華のやつ、なんて馴れ馴れしいのだろうか。とはいえ、晧月が許しているのだからもうなにも言えないのだが。まったくもって礼儀がなっていない。

そのとき「晧月」と美しい声がして、心のささくれが取れてゆく。胡徳妃がやってきたのだ。

白地に鮮やかな青色の花が刺繍された上衣がよく似合う。

「母上。ご機嫌麗しく」

「秋晴れで気持ちがいいわね。ちょっと寒いけれど」

「晶華が来儀兄のところへ届け物をすると言うので、同行しようと思いまして」

「晧月が晶華の護衛？　いやだわ、可愛い。あなたも優しい子ね」

皇子に宝物殿の女子の護衛なんてさせられるか。苛《いら》立《だ》って晶華を見ていたら、頬を赤らめて晧月を見ている。なんだろう、可愛い……ような気がする。建学は頭を抱えた。

そこへ青鈴がやってくる。鷲の指輪の一件では彼女に驚かされたが、もうおかしなことはしないだろう。

「どうしたの？　青鈴」

「晶華に伝言です」

名を呼ばれた晶華は青鈴のそばへいった。

「藍寿宮から使いがあり、来儀殿下への届け物は藍寿宮へお持ちしろとのこと」

「徐賢妃のところ？」

胡徳妃が青鈴へ聞く。晶華は黒漆の箱を抱え直している。

「来儀殿下が徐賢妃の藍寿宮にいると伺っています」

一応は晶華も女子だ。外城に行くより後宮に遣わしたほうがいいという来儀の心遣いかもしれない。建学はそう取った。

「予定変更だな。晶華は少し待っていてくれ。建学、支度を手伝ってくれ」

「お支度？　ですか」

建学は首を捻った。

＊　＊　＊

皓月は宦官の服を着て、宦官帽子を目深にかぶった。眉毛が隠れるので人相も変わって見えるはず。さらに眼鏡をかけ、自分の髪の毛で作ったつけ髭を鼻の下につけた。いままでは眼鏡だけだったが、今日は手を加えてみたのだ。

「殿下、ずいぶんと念入りですが……来儀様を驚かせにでもいかれるのですか？」

「兄上は俺が変装しても気づくから、気配を消したいんだ」

訝《いぶか》しみながらも建学は支度を手伝ってくれる。

「後宮ではこのほうが歩きやすいって、前から言っているだろう」

行先が藍寿宮へ変更になったのだ。だったら尚更《なおさら》宦官の姿のほうがいい。来儀に会ったら正体を明かせばいいのだから。

晶華と晧月は藍寿宮へ到着した。なんだか人気《ひとけ》が少ない気がする。配下の者たちは出払っているのか、年老いた太師宦官がひとりで迎えてくれた。宮女もいないのだろうか。

「来儀様ご注文の匕首が出来上がりましたので、お持ちしました」

「……宝物殿の女子がひとりで来ると伺っていましたが」

「大事なお品ですので、毒を仕込んだり盗んだりしては一大事ですから。私は黄老師の依頼を受けた使いの者です」

太師は変装した晧月のことを見向きもせず、晶華のことばかりを見ている。こちらとしては好都合ではあったが。

渡殿をとおり、ある部屋の前で待たされた。

床板がきしむ音が聞こえる。振り返ると同時に、顔の前に光るものが横切る。近くの壁に突き刺さったそれは、柳葉飛刀《りゅうようひとう》だった。どこかに誰かが潜んでいる。

「晶華、しゃがめ」

「ひゃあああ……！　死んじゃう」

「死なない！　俺が守ってやるから」

突然のことに腰を抜かした晶華は、大事な匕首が入った黒漆の箱を落としてしまった。錠が外れて蓋が開いている。

こいつは間者なのか、それとも武官なのか、とにかくこの状態では、ふたりとも怪我をしてしまう。

匕首を届けるのを晶華ひとりに任せたということは、最初から晶華を狙っているのかもしれない。一緒にやってきた宦官が邪魔だと思ったたか。

渡殿は隠れる場所がない。寝宮の中庭のどこかでこちらを狙っているのだとしたら、不利だ。こちらの動きが丸見えだ。

「晧月様！」

「建学」

後宮内だし護衛はいらないと断ったが、時間差で藍寿宮に来ていたのだろう。建学が駆けつけてくれた。彼も剣術の嗜《たしな》みがあるから心配はいらない。心配なのは晶華だ。

「飛刀を放った老太師は取り押さえました。護衛を数人連れて来て正解でした」

「ありがとう建学。晶華に用を言いつけたのは兄上だ。ということは、これは兄上の差し金だろうか」

「来儀様を慕う女子かもしれませんよ。すくなくともあちこちの女子の恨みを買っていますからね、晶華は」

「女子の恨みを買うならば、建学だって負けてないよね！」

「人聞きが悪いですよ！　殿下！」

胡徳妃、そして皓月の友人となり、反感を買う。来儀に宝石を見立てたから嫉妬する女子がいるのか？　晶華へのいやがらせが、こんな大事になるだろうか？

「それにしたって、これはただのいやがらせか？　あきらかに命を狙われているのだが」

「晶華が被害にあうのは知ったことではないですが、皓月様が巻き込まれるのはごめんです！」

また飛刀が放たれたらたまらない。建学が近くの部屋の引き戸を開ける。中に入った。すると、衝立の陰から灰色の外套を着た人間が飛び出してくる。咄嗟《とっさ》に避けたが相手は手に短剣を構えている。姿勢を低くし、外套のなかには紺色の襦裙《じゅくん》。髪をひとつに結って覆面で顔を隠しているが、衣からしてこの皇宮にいる女子だ。

「兄上のところの宮女か？　晶華になんの恨みが……」

女子は答えず晧月に向かって匕首を下から振りあげた。接近戦に慣れている。ただの宮女ではない。かわしたその拍子に、晧月がかぶっていた宦官帽子が飛んでいく。眼鏡も取れてしまった。

「……お前は」

女子が小さな声を出したが、なんだか違和感がある。その違和感がなにかと繋がるまえに、後ろで柱の陰に隠れている晶華が叫んだ。

「この人、あのとき鷲の指輪を持っていかれた方です」

「なに」

女子は晧月のうしろにいる晶華に視線を送っている。まるで睨《にら》むようにして。たしかに下睫毛の生え際にほくろがある。次に晧月を射るように視線が流れた。瞳の奥に炎のような怒りを感じる。それとともに、ぞっとするような殺意があった。

戦わなければやられる。女子に手をかけるのは嫌だが。

晧月は部屋の外に転がった黒漆の箱の位置を想像した。横跳びに転がれば届くはず。

晧月は鼻の下のつけ髭をむしり取る。それを女子の顔に投げつけた。彼女が気を取られた一瞬で、晧月は来儀の匕首を掴《つか》む。鞘を左手で抜き、構えて女子に向かって走った。

どんっ。女子に体当たりをしたが、倒れない。武術の経験のある者か。姿勢を低くしていたので気がつかなかったが、女子にしては背が高い。そしてなによりも、皓月の突進を受けて倒れないとは。

「こらー！　皓月様から離れなさぁい！」

晶華の声がし、次いで駆け寄る足音もする。隠れていろといったのになにをするつもりか。

「晶華、余計なことはしな……！」

振り向いて忠告をしようとしたら、女子の頭に黒漆の箱がぶつかった。晶華が投げつけたのだ。

「よくやったぞ、晶華！」

建学が手を叩きながら、晶華を自分の後ろにかばった。皇族の貴重品を入れる黒漆の箱は頑丈だ。案の定、ぶつかった次の瞬間、女子の体の力がふっと抜けた。それを見逃さずに皓月は馬乗りになった。自分は戦に出たことがない。武術は渋々稽古をつけていたとはいえ、得意ではない。こんな風に役に立つとは思わなかった。形成有利かと思われた。だが、自分の胸のあいだに短剣が突き立てられる。先端が皮膚をつらぬく前に、素手で刃を掴む。手のひらが切れるのも構わずに。

女子の衣の袖口からちらりと見えたものがあった。それは黒曜石の指輪だった。

もう顔を隠すものがない。自分を皓月だとわかっていてこんなことをする人間の顔を見たい。

「お前、誰だ？」

匕首の柄で顎を突き、顔を上向かせる。柄の先には深紅に光る宝石がついていた。血の色だ、と思った。胸に向けられている短剣は左手で掴んだまま、匕首を持つ右手を使い、女子の覆面を外す。

女子の格好はしていても、きっと中身は男だろうとは思った。下瞼にあるほくろも、珍しいものではない。そうでなければいいと願っていた。どうしてこうなったのだろう。

「……兄上」

女子だと思っていれば全体がそう見えてしまうのだろうか。人間は自分に暗示をかける。なのに、覆面の中身はどう見ても女子ではない。

「皓月。お前は昔から遠くから狙うのはうまいが、接近戦は苦手だったのに」

「俺だっていつまでも子供のままじゃないよ」

「腰と首をうまく固定している。これでは動けないな」

こんなことで褒められても嬉しくもなんともなかった。

紺色の衣は女子の襦裙にみえていたが、女子が男装するときの衣だったのだ。

「……兄上の腕前なら、この胸をすぐに貫けたのに。なぜか躊躇《ちゅうちょ》しましたね」

胸に突き立った短剣は、一瞬力が抜けたのだ。だから素手で摑んで阻止することができた。あのまま骨の間に入っていったら、今頃は絶命していただろう。切っ先は正確に心臓の位置にあるのだから。晧月が剣術で来儀に敵うわけがない。

もはや力が入っていない短剣を兄の手から奪い、簡単に届かないように、床に転がした。

「ねぇ、建学様。顔さえ見えなければ、宦官と宮女が取っ組み合いの喧嘩をしているように見えるのですが」

「たしかに……でもね、晶華。皇子殿下の頭に箱を投げつけたのですよ。黙っていなさい」

「はい、建学様……」

後ろで建学が晶華を窘《たしな》めている。

兄弟喧嘩もここまでくると滑稽だ。兄が弟を殺そうとしたのだ。皇宮史に残る事件だ。

輝峰国において、跡目争いによる兄弟同士での殺し合いは数えきれないほどにあった。人徳や才覚なのではない。生き残った者が皇帝となるのだ。

それが選ばれるということなのだろうか。晧月には理解できない。

騒ぎを聞きつけたのか、藍寿宮の庭先にはふたりの母が立っていた。晧月と来儀の母たちだった。走ってきたのか、母たちの息は乱れていた。

「晧月……！」

「母上。大丈夫です。徐賢妃様、兄上も大きな怪我はない。漆塗りの箱が頭に当たっただけです」

もはや抵抗をしない来儀の体から、晧月はゆっくりと降りる。床に落ちていた鞘を取り、持っていた匕首を納める。柄に施してあるのは紅玉で、自分の血で濡れていた。

来儀の匕首。晧月は腰帯にそれを挟んだ。

「来儀……！　どうしてこんなことに！」

仰向《あおむ》けになったままの来儀に駆け寄ってきたのは、徐賢妃だ。息子の体を起こし、血の出ている額を躊躇なく上等な上衣の袖で拭う。

「母上。俺はもうここにいられませんね」

徐賢妃の手を払い、ゆっくりと来儀は立ちあがった。思いもよらない息子の言葉に、徐賢妃は顔色をなくしている。

「来儀？　いられないなんて、どうしてそんなことを言うのです？　兄弟喧嘩でしょう？　この騒ぎは私達が黙ってさえいれば陛下には……！」

来儀は、縋る徐賢妃の手を取って言葉を止める。

「兄弟喧嘩で始末はつけられない。この騒ぎだけのことではありません。もともとここにいるべきではないですから。俺は」

「来儀？　なにを言うの」

「母上がよく知っているはず。皓月には妃がいたのに、俺は娶っていない」

「それは……も、もしもあなたに好いた女子がいるのでしたら、妃にほしいと陛下に申し出れば」

「俺に子が授かってはならないからでしょう？」

皓月の母が手巾を持ってやってくる。皓月の切れた手の血を拭ってくれる。そのあと母は、青鈴に命じて無関係な者たちを下がらせた。

藍寿宮の庭には、来儀と母の徐賢妃、皓月と胡徳妃、建学と晶華だけが残った。

徐賢妃は来儀のそばへ歩み寄る。

「ら、来儀ったら、なにか勘違いをしていますよ」

「父上の息子ではないのですよね、俺は」

絞り出すようにして口に出した兄の言葉に、皓月は背筋が冷えた。あたりがしんと静まり返る。

「兄上？　なにを……どうしてそんなことを言う？」

否定をしたいのになにも知らない。来儀は心になにかを抱えている。自分はそれをわからない。来儀が皇帝の子ではないなんてこと、あるはずがないのに。

「なにを証拠に、兄上」

「兄と呼ぶな。俺は皇帝の子ではない」

こちらをゆっくり振り向いた来儀の目は濡れていた。

皇帝の子ではないなんて、では誰の血を引くというのか。それが事実なら、自分たちは兄弟でもなんでもないということか。皓月は混乱していた。いままで皇宮で一緒に育ってきて、お互いに兄弟と認めて生きてきたのに。少なくとも、皓月は兄を慕っていた。それなのに、来儀はどんな気持ちで弟を見ていたのだろうか。

そんなことってあるだろうか。

「俺は……誰の子なのですか。母上」

「来儀……あなた」

「母上の嘘は、ご自身の存在理由なのでしょう」

「嘘なんてことはないのよ！」

「本当のことを教えてください」

黒曜石の腕輪をさすって、徐賢妃を見た来儀の目は悲しみが滲んでいた。

「俺が知らないとでも思っているのですか？　母上。あなたは死産だった。それなのに、どうして俺が産まれるのでしょう。老いぼれたちの舌を抜き黙らせない限り、昔の事実はあちこちで囁かれる」

「違うわ……来儀の前の子のことよ。あなたは私が！　私が自らの乳で育てたのよ」

座り込んだまま立ちあがれないでいる徐賢妃のもとに、晧月の母が歩み寄る。

母はなにかを知っている。晧月は息を飲んだ。

「徐賢妃。もうよしましょう」

「……胡徳妃。やめて」

「来儀様はたぶん、気づいてしまったのでしょう？」

徐賢妃がわっと声をあげ、大粒の涙を流した。

「徐賢妃、あなたの秘密は今日まで誰もが守ってきた。来儀様には知る権利があるでしょう」

「……胡徳妃。話して貰えませんか。なにがあったのか。俺はどこから来たのか……」

来儀の願いに母は頷き、話しはじめた。

*　*　*

「私の体は出産には耐えられないかもしれないわ。そのときは桜琳、お願いね」

姉の花琳はよくそう口にしていた。その度に、桜琳は冗談じゃないわと笑ってみせた。願いではあるけれど、呪いのようにも聞こえてくる。花琳は北湖の村にいたときに北湖王に見初められ、彼の何人目かの妾《めかけ》になった。貧しい村を救うためとはいえ、身売りのようなかたちであの男のものになるとは。当時どれほど北湖王を恨んだことだろう。

北湖の戦いで北湖王が死に、救ってくれた皇帝が自分に手を差し伸べてくださったのだ。

「桜琳、お主は私のところへくるがいい」

後宮へ入れということだ。桜琳は戦利品ということになる。こんな場所から抜け出し、姉を助けられるならばなんでもよかった。後宮なら安全だし、願ってもないことだったからだ。

才女試験を受けたことにはなっているが、正しくはない。皇帝が村から娘を連れ帰り、妃嬪にしたという事実は隠されたからだ。

皇帝は、身籠っている花琳と一緒に後宮入りしたいという願いを飲んでくれた。腹の子の父親は北湖の鉱夫と伝えた。皇帝はそれを疑わなかった。

北湖王の正妃は自害したし、妾たちも殺された。皇帝に刃を向けた息子たちも死んでいったから。

花琳を守るために隠さなければいけなかった。生きるためには。

「体をいたわり、産まれたならば都に住まえばいい」

陛下はそんな風に言ってくれた。花琳の腹の子は皇宮では育てられない。女子でも男子でもだ。皇帝の子ではないのだから。

桜琳はすぐに夜伽に召されるようになった。花琳の体のこともあり、陛下は部屋数の一番多い紅透宮を与えてくださった。

当時は正一品四夫人のうち徐賢妃しかいなかった。少し前まで淑妃がいたらしいが、徐賢妃に毒を盛ったそうで処刑されたとも、病死したとも言われている。

なにが正しくて、どれが悪なのかわからない。真実は捻《ね》じ曲げられ、事実は隠される。後宮とはそういう場所だった。

徐賢妃は皇帝の子を身籠っていた。花琳と同じような日数だったはずだ。

桜琳の侍女として後宮に入っていた花琳だったが、産み月が近づくと弱って寝たきりになってきた。

「花琳殿は心臓が弱い」

侍医の言葉が重く感じる日々だった。桜琳はそれでも、なんとか元気な子を産んでほしい、そして都で幸せに暮らしてほしいと願い、花琳の世話をした。

時折、徐賢妃は大きなおなかを抱えて紅透宮へ訪ねてきていた。

「花琳のお加減はどう?」

「徐賢妃様。ありがとうございます。姉はもともと体が弱いために臥せることが多くて……」

「そう。侍医に頼んでもっと上質な薬膳茶をお持ちしましょう」

後宮へ入ったときには花琳は既に妊娠しており、皇帝の子ではないとわかるはず。しかし、やはり皇帝の子だろうという噂は立った。その噂が桜琳と花琳を守るのか、それとも災いするのか。ただ沈黙して日々を暮らすしかできなかった。

花琳の腹の子の父親は誰なのか、自分たち姉妹しか知らないはずだった。北湖に恨みのある人間が後宮にいれば、命を狙われるかもしれなかったから。

「大丈夫。毒など入れないわ。私も一緒に飲みましょう」

自ら毒見をした徐賢妃を、花琳は信用した。だから桜琳も心を許した。しばらくは三人姉妹のように暮らしていた。あの日が来るまでは。

年の瀬のある日、花琳が産気づいた。二日間苦しみ、朝から小雪の降る日。男子を出産した。その子を胸に抱いたまま、花琳は息を引き取った。

とても寒い日だった。彼女が最後に吐いた息は白く漂い、赤子の泣き声は白く響いた。

同時に、藍寿宮から知らせが届く。徐賢妃の子が死産だったと。

冷たくなった花琳の軀《からだ》は幸せそうだった。なぜだろう。赤子は死んだ母の指を握っている。これは希望だろうか、それとも母を失った絶望なのだろうか。

その時、這《は》うようにして徐賢妃が紅透宮へやってきた。まだ動ける体ではないはずなのに。死産と聞いていたから、かける言葉もなかった。だが彼女の瞳はじっとりと光っていた。こちらに唇を寄せて、絞り出すように言った。

「その子を……私の子として育てたい」

雪のように真っ白い顔をした徐賢妃を、私は一生忘れないだろう。

＊　＊　＊

真実は隠されたはずだった。母たちの手によって。晧月は母である胡徳妃の肩を抱いた。涙を零《こぼ》す母を放っておけない。

「兄上は……母上の姉上の子なのか」

晧月にとって来儀は兄ではなく、従兄弟《いとこ》ということになる。

すべてを語った胡徳妃は、なんだか少し肩が小さくなったように思う。

「母上。父上はこのことを知らないのでしょうね？」

知らないままのほうがいい。母も来儀も、徐賢妃のことを安心させたくて言ったことだった。だって父上が、もしも来儀が自分の子でないと知ったら、きっと皇宮を追い出しただろうから。兄は皇子としてここで育ったのだ。

追い出すならまだいい。母親が誰なのか知ったら？　晧月はぞっとした。秘密を知る全員が無事では済まない。

「陛下は行き倒れた子供を片っ端から保護してしまうお方だから。たとえ来儀様のことに気がついても……」

「ふふ、ははは。なんて馬鹿らしい！」

胡徳妃の言葉に対し、来儀が笑い出した。皆の視線が一気に彼へと集まる。

「ふん。そんなこと、まかりとおっていいのか。俺は皇帝が滅ぼした北湖の子だぞ？」

「落ち着いてよ、兄上」

「これが落ち着いていられるか。北湖王の息子を自分の息子として育てた母……徐賢妃もただでは済まない。皇帝を謀ったのだから」

「だったら！　兄上。このことは自分たちが黙っていれば……！」

どん、と来儀は壁を殴った。

「狂っているだろう。どいつもこいつも」

来儀はまた腕輪をさすっている。皇帝が皇子に贈ったという腕輪を、愛おしそうに。

「黒曜石は北湖国の名産でしたね」

その声は晶華だった。来儀は晶華を睨み、また黒曜石の腕輪に視線を落とした。

「これは父上が、お前は北湖王の子であると、滅ぼした国の者であると突きつけているのだ」

「違うよ。兄上は俺の……」

「お前の兄じゃないし、お前は俺の弟じゃない。俺の本当の弟は皇帝に殺された」

そう言うと、来儀は落ちていた自分の匕首を拾いあげる。見惚れるような速さで鞘から抜いて、晧月を壁に追い詰め、首に刃をあてがった。胡徳妃が叫んだ。

「こ、晧月！　来儀様、どうかやめてくださいまし！」

「兄上……兄上はなにも悪くないのに。こんなことをしてはだめだよ」

「うるさい。黙れ」

怒りと悲しみが綯交《ないま》ぜになった来儀の瞳には涙が浮かんでいる。

「晧月。お前は皇帝の息子だ。俺は違う。皇帝の子ではない俺に、皇帝の子であるお前が、兄上、兄上と従うのは見ていて楽しかったぞ」

得意ではなかった剣術も兄は教えてくれた。もっと腰を落として、相手をよく見ろ。将来戦地にいったら、一緒に勝鬨をあげるんだよ。輝く瞳で兄は笑った。思い出が走馬灯のように流れる。けれど、自分はうまく剣を振るえない。遠くから狙う弓術のほうが好きだと逃げた。一緒に戦に出ることなど考えられない。避けていた。だって兄のようにはなれない。足手まといになって嫌われるのが怖かった。

「兄上は優秀だから。俺は……兄上に失望されるのが怖かった」

「甘えるんじゃないよ。失望なんかするか。俺は最初からお前に期待なんかしていない」

「あ……兄上」

「皆が、皇帝の子ではない俺に、皇帝の子であるお前より優秀であると、皇太子に相応しいと言う。滑稽だった。お前はいまの俺にもすり寄って懐柔するのか？　側近や建学や宝物殿の女子を自分につけてきたように。黙って従っていれば、皇宮にいられると」

「そ、そんなことを俺は思っていないよ。兄上！」

「いいわけをしなくてもいい。わかるよ。皇宮で生きるには簡単に人を信じてはいけない。だが味方は多いほうがいいからな。俺はお前のやり方を真似ただけだ」

「俺のやり方なんて。そんなのない。俺はただ平穏に生きてきたかっただけで……」

皓月はただじっとしていた。みだりに動いては、余計に相手を刺激してしまう。

「俺の苦しみの上で花見でもするつもりか。お前はいいな。それでのうのうとしていられるのだから。誰の子かわからない俺を生かしてきた者たち、全員苦しめばいいと思ってきた。戦地で斬った敵兵も、皇宮でひそかに葬って来た者たちも」

そう言って来儀は手をこちらへ向ける。鷲の指輪の毒によってただれていた親指は、皮膚の色が変色していた。

「自分が優位に立てるのなら、みずから毒だって浴びるさ」

そこまでして、なにを得ようというのか。そこまでしなければならなかったのか。

宝物殿に来たのは宮女に変装した来儀で、腕輪も目元のほくろも来儀である証拠だったのだ。

「お前が変装して皇宮内をうろついているから、真似たんだよ。……身代わりの宮女は後宮にごまんといる」

まさか皇子が女子に変装しているとは思うまい。それに、今回皓月や晶華を襲ったあと、適当な宮女に自害でもさせれば罪を着せることができる。

「どうして……晶華をはめるためか？　なんの恨みがあって」

「皓月。お前が宝物殿の女子と仲よくしているのは皆の噂になっていたからな。追い出してやろうと思っていた」

匕首の刃が皮膚に食い込んでいるのがわかる。すっと横に引かれたら、簡単に切れてしまうだろう。

「お前の大切なものを奪う。この手を罪で染めてきた。今更ひとつ増えたところでなにも変わらない」

「来儀！　晧月様から手を放しなさい！」

叫び声が響く。徐賢妃だった。見ると、自分の喉に短剣をつきつけている。

「私の命に免じて。お前は私の息子なのよ」

「そんなことをして……母上も……胡徳妃もだ。俺と産みの母を北湖に捨ててくればよかったのに」

来儀の悲痛な叫びはふたりの母に向けられている。この場にいない亡き母にも聞こえているだろうか。

「捨てません。花琳姉さんの忘れ形見のあなたを見捨てるわけがありません。どんなかたちであっても生かして守るのが、私の、私達の使命だったからです」

「勝手なことを言うな！」

「来儀様、聞いてください。あなたはふたりの母に愛されて生きてきたのです！」

皓月の首から来儀の刃が浮く。その隙を見逃さずに、皓月は腰帯に入れていた紅玉の匕首を抜く。

「兄上！」

皓月は紅玉の匕首を、来儀の太股《ふともも》に突き立てた。迷ってはだめだ。なにも守れない。

「ぐ……皓月、貴様」

「敵から目を離してはいけない。そう教えてくれたのは兄上ではないか。だめだよ。俺から目を離しては」

皓月は来儀の太股に突き立てた匕首を、ぐっと奥へ押し込む。動けなくしなくては。

「お願いだ。もうこれ以上はだめだよ。兄上、お願いだから手を汚さないで」

「なにしてる。俺はこんなことでは死なないぞ。狙う場所が違う」

がくっと来儀の体が傾く。

「殺せばいいだろう……！」

殺したいわけじゃない。そんなこと露程も思っていない。

守りたかった。だから剣を振るった。罪を重ねようとする兄を守りたかった。

痛みでその場に崩れ落ちそうになる兄を、晧月は支えた。

「ごめん。ごめんね、兄上」

「晧月……！」

「終わりにしようよ。兄上も徐賢妃も、俺の母上も苦しむだけで、誰も救えないよ。こんな兄上を見ていられない」

「晧月。お前は……本当に」

「誰か、侍医を。侍医を呼べ。手当てを！」

来儀は血のついた手で、晧月の頰を撫でる。もうその瞳には怒りも憎しみもなかった。痛みに強張《こわば》る体を床に寝かせ、上半身を抱いてやる。

「おかしいな。これしきの傷……戦場でなら平気で立ち回れるのにな」

「迷うと攻撃が乱れると教えてくれたのも兄上だよ」

「手を抜いたつもりはない」

「兄上なら、俺のことも簡単にねじ伏せられたのに」

「……俺はもう疲れた。陥れるのも戦うのも……」

「俺に止めてほしかったんでしょう？」

ぐったりとする来儀は唇を震わせている。急所は外したが、早く手当てをしなくては。

「いますぐ手当てをしてもらう。少し我慢してくれ、兄上」

「我慢って、お前がやったんだろうが」

もはやひとつも抵抗しない来儀は、痛みを堪《こら》えながら苦笑した。いま刃を抜いては、出血が酷くなる。

「俺は、皓月。お前になりたかった」

浅い呼吸を繰り返しながら、来儀は笑う。

「……無理して喋《しゃべ》らなくていいよ」

「出生を疑い……誰も信じられずに生きる自分が悲しかった。生まれてこなければよかったと呪っていた。お前が羨ましかった」

「俺は兄上になりたかったよ。優秀で強く美しい皇子来儀は、俺の憧れだった。俺には価値がない」

馬鹿言えよ、と兄はまた苦笑している。

「皇帝に選ばれた胡徳妃から産まれたお前に……価値がないわけがない」

ごほ、と咳きこむ来儀の胸をさすってやる。太股の出血を見ながら、なかなか来ない侍医をいらいらと待った。

「急所は外したはずだけれど……早く手当てをしなくちゃ」

「いい。もしもの時は天罰だと思おう」

「兄上、大丈夫だから。しっかりして」

「……晶華はいるか」

来儀は痛みに顔を歪めながら、晶華を呼んだ。建学のうしろに隠れていた晶華が「はい！」と返事をして顔を出した。

「紅玉が勝利をもたらすなんて、見立てが外れたな」

「来儀様……箱をぶつけてごめんなさい……」

来儀は気にするな、というように首を振る。

「兄上、晶華の見立ては外れていないよ。まだわからないよ。紅玉の匕首は俺が貰う。弟の俺が引き継ぐ」

「晧月、俺はお前の兄では……」

「そんなことどうでもいい。関係ない。兄弟として育った。来儀は俺の兄だ。ずっと」

血の繋がりがあればいいのか。一緒に過ごした時間なのか。すべてを否定されても晧月の中の来儀をなかったことにはできないのだから。

「兄上の想いは俺が引き継いで勝利に導くよ。討伐任務は俺がいく」

そう伝えると来儀は目を丸くした。

「戦えるか？　お前に」

「笑う？　兄上」

「笑わないよ。そんなことしない」

「自分になにができるかわからないけれど、兄上のために勝利を持ち帰る」

兄のように戦えるかわからない。わからないけれど、悲しい思い出だけを残すことはできない。誰もが無理だと言っても。

「晧月、お前が帰る頃、俺はもうここへはいないだろう」

「それでもいい。どこかで見ていてくれればいい。兄上の紅玉の匕首に、勝利の物語を宿す。俺がやる」

自然に目から涙が落ちる。もっと話したかった。もっと笑って、将来を語りたかった。苦手な剣術を習いたかった。肉饅頭を食べて、酒を酌み交わしたかった。そばにいたかった。

「わかった。晧月、ありがとう。俺からも父上に話す。焔江軍はお前が率いていけ」

「……兄上。心配しないで」

「自分のためにやれ。俺のためじゃなくていい。お前は他人を思いやれる奴だから。無価値な人間だなんて思うな。自分のために命を使ってくれ」

ああ、やっぱり俺の兄上だ。

もう願えない思いは、どこへやればいいのだろう。

「晧月、鼻血が出ているぞ」

来儀はそう言って、手で鼻を拭ってくれた。自分も鼻を触ってみる。しかし、ふたりとも手が血だらけだ。自分の鼻血なのだろうか。それとも来儀の血なのか。わからない。

「小さい時からそうだな」

笑った来儀は咳きこんだ。激しく上下する胸をさすってやっていると、来儀が晧月の手をつかんだ。

「俺は、晧月。お前になりたかった」

「黙って、兄上。傷に障るから」

「月の雫から賀月森山ができたように、お前のように……選ばれた者になりたかった」

皓月の目を覗き込むようにして見つめ、目を細めた。花琳の顔はわからないが、姉妹なのだから母に面差しが似ているのかもしれない。

父上と血の繋がりがなくても、俺とは繋がっているじゃないか。

「ひとりじゃないだろ、兄上」

まぶたは閉じられたまま。来儀は眠ったようだった。いまはなにもかも忘れて眠ってほしい。現実は悪夢しかないなら、幸せな夢だけを見ていてほしい。

目が覚めたら、兄の好きな肉饅頭を食べさせてあげたい。

もしこの先、それが許されるならば。

力なく床に放り出された兄の右手を、細い指が拾う。見ると、徐賢妃だった。

「来儀……私の愛おしい子」

はらはらと涙を流す徐賢妃。皓月は乱暴に自分の顔を拭った。

「徐賢妃様。あとを頼みます」

来儀の体を徐賢妃に預けて、皓月はふたりから離れた。徐賢妃がこのままつき添ってくれるだろう。あとは侍医に任せ、この事態の対応をしにいかなければ。

泣いている場合ではない。

「建学、俺は和陽殿へ。父上のところへ向かう」

「承知しました」

建学のうしろに隠れるようにして、晶華は半べそ状態だった。可哀《かわい》そうに。巻き込まれて恐ろしい目にあった。

「晶華、どこも怪我はないか？」

「ありません！　晧月様こそ傷の手当をしなくては」

「俺はいい。きみを宝物殿へ送り届けるから、一緒に行こう」

晧月は歩き出した。泣いたり後悔したりしてもなにも変わらない。やるべきことをし、終わらせる。

一度、親子を振り返って見る。こちらに背を向けている徐賢妃は、衣の上からでもわかる痩せた肩と細い首をしていた。来儀の体を抱いて、まるで赤子を寝かしつけるかのように揺れている。

小さく細い子守唄が、途切れ途切れに聞こえていた。

建学は藍寿宮の宦官とともに、二頭の馬を引いて来た。外城へ急がなくては。

「晧月様……！」

名を呼ばれ振り向くと、晶華が駆け寄ってくる。なにかを手のひらに載せている。

来儀がしていた金の鷲の指輪だった。

「足元に転がってきたのです」

「そうか」

晶華は手のひらに鷲の指輪を載せたまま、どうしたらいいのか弱っているようだった。晧月は馬に跨ると、晶華に手を差し出す。

「晶華」

「は、はい……」

「指輪を貸しなさい」

晧月は晶華の手を指輪ごと掴んだ。

「晶華、乗って」

「えっえっ」

「早く乗って。急ぐんだから」

言われるまま鐙《あぶみ》に足をかけた彼女を、鞍《くら》に引き上げる。横座りになった晶華を自分の前に左腕で抱え、右手で手綱を握り馬を走らせた。

「ちょちょちょ！　晧月様っ！」

「落ちるから、しっかり掴まってて」

後ろで建学が「晧月様！　またそのようなおふざけを！」と怒っている。べつにふざけているわけではないのに。

「馬が二頭しかいないのだから仕方ないだろう！　行くぞ！」

晶華は皓月の手をぎゅっと握っている。ふたりの手には指輪がある。

「晶華、この指輪の目の宝石を替えられるかな？」

「え、ええ。替えられます」

「紅玉はどうかな。兄上にはやっぱり紅玉が似合うと思うのだが」

晶華はこちらの思惑を理解したのか、ぱっと表情を明るくしてこちらに顔を向けた。

「そうですね。わたしもそう思います」

「紅玉の匕首は俺が引き継ぐから、この指輪は紅玉を施して旅立たせたい」

そう話すと、興奮してきたのか晶華は何度も頷いた。目には涙が溜まっている。

「皓月様の想いは宝石に込められます。紅玉は戦う勇気をくれる情熱の石でもあります。きっと背中を押してくれると思います」

「やっぱりぴったりだな。晶華、ありがとう」

指輪も晶華の手も温かかった。ぎゅっと握ったまま外城を目指す。

運命もこの先の未来も、なにもかもこの手で優しく包めるように。もう誰も泣かないように。

＊　＊　＊

「来儀、皇子の位を廃し、庶民に落とす。波雪《はせつ》地方へ追放、陽高の都および皇宮への立ち入りを禁ず……」

黄老師が勅令の写しを読みあげて、眉間に皺を寄せている。もうずっとこの調子だ。過ぎたことをいつまでも気にしていても仕方がない。宝物殿の仕事をしてほしいのだが。

晶華自身も、あの日の出来事が後宮に暗い影を落としているのは肌で感じている。けれど、時を戻せるわけがない。立ち止まってもいられない。泣きたい気持ちは消えない。苦しくて眠れない夜もある。でも、このままではいられない。皓月も来儀も生きているのだから。

「黄老師、落ち込む気持ちはわかりますけれど、仕事が滞っているんですよう。皇宮内からの宝飾品の注文も相変わらず多いですし」

「わかっておるが……なんだかのう。あの仲のいい兄弟が……兄弟ではなかったが」

気持ちはわかる。でも、いつまでも木彫りの置物のように書斎から動かないままでいられても、晶華も困ってしまう。黄老師に元気になってほしいのだ。

「皓月様が戻られたらまたお茶会をしましょうって、胡徳妃がおっしゃっていました！」

「そうじゃな……」

「賀月森山の鉱山からまた新しい原石が出てきましたねぇ！　見るの楽しみですね」

「そうじゃのう……」

だめだ。うわの空だ。

新しい宝石の資料も作らなければならない。

最近は鉱物鑑定機関とやり取りをすることも増えた。晶華は鑑定には関わらない。新たな発見があってすごく楽しい。楽しいが、すごく忙しい。年の瀬も押し迫ってきているのだから。

黄老師がふたりの皇子に思いを馳せてため息ばかりをついているのは、よくない。老体にも悪影響だし、宝石たちにも悪い気がまわってしまう。

「黄老師、月餅ありますよ。食べます？」

声をかけると老師は「よっこいしょ」と腰をあげた。

「そうだな。休憩しようか。温かい茶を淹れよう」

「あ、じゃあわたしがやります」

「いや、晶華は仕事を続けなさい。わしが特別に取ってある美味な茶を淹れてしんぜよう」

「わぁい！　楽しみ～」

藍寿宮で起きた事件について、皇帝陛下の判断が下されたのが、半月前のことだった。

来儀は、来儀立太子派の側近らや太師とで共謀し晧月を亡き者にしようとしたとして、皇宮より追放となった。追放先の波雪は、昔は罪人の流刑地だった。一年中気温が低くいつまでも根雪が残る土地だという。晶華は皇宮の門を出ていく小さく粗末な馬車を、建学と一緒に見送った。晧月はその場にいなかった。しかし、前の日の夜、晧月と晶華はこっそり馬車の荷物にあの指輪を入れた。紅玉の目の鷲の指輪を。

そして、それに関係する来儀出生の事実について。

来儀が皇帝の嫡子ではないこと、北湖王の子であることは内密にされた。

徐賢妃は自ら申し出て、賀月森山の麓にある尼寺へ入った。後遺症を理由に静養したいという理由らしいが、長年皇帝を騙していた自責の念からだろうとは思う。皇帝が来儀の出生について、どこまでなにを知っていたのかは、晶華にはわからない。徐賢妃と胡徳妃は沈黙している。晶華にはなにも知ることはできない。

晶華は今朝早くに、注文を受けていた新しいかんざしを紅透宮へ届けた。その時、胡徳妃は浮かない顔をしていた。無理はないけれど。

「後宮に正一品四夫人は私ひとりになっちゃった。退屈だから、晶華、明日茶会をするわよ。来てね」

「承知いたしました。晧月様が戻られるのはまだ先ですし、お寂しいですよね」

「そうねぇ。あの子に早く会いたいわ」

「怪我しないで戻っていただきたいですねぇ」

「本当よ。あの美しい顔面に傷でもこさえてきたらぶん殴るわ」

なんて冗談よと言って、胡徳妃はやっと笑ってくれたのだった。

延期になっていた焔江軍の討伐遠征は、本人の申し出により晧月が行くことになった。出発していったのは十日ほど前のこと。皇帝が晧月の申し出を受け、改めて命がくだされたのだけれど、建学が真っ青になっていたのが面白かった。面白かったなんて知ったら「この泥団子娘！」と建学に怒鳴られてしまうかもしれないけれど。

晶華は建学が好きだった。皓月を大切に想うところを見てきて、いいなぁと心が温かくなる。ふたりの信頼のうえに成り立つ関係は、晶華が望んで手に入らなかったものだから。

皓月が自分のことを友だと言ってくれるのが、本当に嬉しい。

「はやく戻ってくださいね。無傷で、勝利して」

願いを言葉にしたら、気持ちが明るくなる。来儀のあの紅玉の匕首を持って行ったのだから、必ず勝利して戻るはず。

晶華は夜空を見上げた。今夜は満月。裸石と原石を月光浴させるのだ。

「さあ、気持ちいいだろう〜。……へっくしょい！　ちくしょーめ！　あなたたちは気持ちいいだろうけれど人間には寒いわ」

盆に載せた宝石を持って、外に出た。ぽっかりと、丸い真っ白な月が浮かんでいる。

「皓月様が元気で戻られたら、そうだなぁ。凱旋《がいせん》記念になにがいいかなぁ」

話しかけると、きらきらと反応してくる宝石たちが愛おしい。

ここにある宝石たちは誰かに必要とされて、きっと大切にされるはず。そうであってほしい。

幸せな物語に包まれてほしい。

「虎目石《とらめいし》。そうねぇ……針水晶、いいね。あとはなにがあるかな？　日長石か、惹かれるなぁ」

爺様の形見の月長石の指輪も出してみる。月の光を閉じ込めたようにゆらゆらと輝いている。

誰かに選ばれて、大切にされるであろう宝石を見送るのは嬉しい。自分は大切にされてこなかったけれど。

輝峰国の悠久の時間のなかで作られた宝石は美しい。人間の心を豊かにするが、狂わせもする。たくさんの願いを託す人間は勝手かもしれない。

爺様の形見のもうひとつの指輪は、どこかで大切にされているといいな。そしていつか、この手に帰って来てほしい。願わずにいられない。爺様との記憶の物語をもつ唯一のものだから。あの指輪が戻ってきたら、爺様を思い出して泣く夜も少なくなるに違いない。

皓月にも見てもらいたい。皓月は不思議な人だ。静かな光でまわりを照らす月光の皇子だ。きっとよい天子になるはず。

「皓月様にもこの月の光が優しく降り注いでいるといいなぁ」

晶華は満月に向かって、手を伸ばした。

あとがき

はじめまして。蒼山《あおやま》螢《けい》と申します。

このたびは「後宮の宝石案内人」をお手に取っていただき、ありがとうございました。

ご縁があり、実業之日本社文庫ＧＲＯＷのお仲間に入れていただきました。大変光栄です。

とにかく、いい本にしよう。担当編集さんを道しるべにして最後まで走り抜けよう。ただそれだけでした。

書きたいことをこねくりまわし、アイディアが浮かばず虚無の向こう側を見つめるなどした日々。一日にたくさん書けたり一文字も書けなかったりしながら、やっとこさ初稿を担当さんにぶん投げ、緊張でお腹を壊したことを覚えています。

宝石たちは和名で出てきますが、紫水晶はアメシスト、蛋白石はオパール、青金石はラピスラズリというとわかりやすいでしょうか。ほかの宝石も英名だと馴染みがあると思います。執筆にあたり英名から和名を辿ったのですが、調べる楽しみがありました。

宝石に意味や物語を持たせ、願いや想いを託す。誕生石なんかがいちばん身近だと思います。愛を誓う指輪に、割れずに永遠に輝くダイヤモンドを贈るとか。宝石にまつわる神話や意味は知れば知るほど本当に面白くて、惹かれるままにいろいろ集めたくなってしまいます。個人的に天然石ジュエリーが大好きなのですが、最近はジュエリーボックスに入りきらなくなってきました。

実業之日本社文庫ＧＲＯＷのキャッチフレーズ「きっと見つかる、大切なもの」。素敵ですよね。

登場キャラたちにもなにかを見つけてほしくて、このお話を作り上げたといってもいいかもしれません。宝石好きの晶華、自分に価値がないと思う晧月、そしてふたりを取り巻く人々。それぞれが「大切ななにか」を見つけられたらいいなぁと思います。

最後にお礼と感謝を。

装画を担当してくださったアオジマイコ様。デザイナーの西村弘美様。晧月と晶華の息づかいや心まであらわすような、しっとりと美しい表紙で本を飾ってくださり、ありがとうございました。

担当編集様。激励につぐ激励、的確なアドバイスをくださり、時には笑える話をし、支えていただきました。感謝しかありません。

小説が本となって読者の手に渡るまでに関わってくださったすべての皆様。家族、友人。この本に出会ってくださった読者のおひとりおひとりに、心から愛と感謝をこめて。

二〇二二年三月

蒼山　螢

本書は書き下ろしです。
本作品はフィクションです。
実在の個人、団体とは一切関係ありません。（編集部）

実業之日本社文庫 あ 26 1

後宮《こうきゅう》の宝《ほう》石《せき》案《あん》内《ない》人《にん》

2022年4月15日　初版第1刷発行

著　者　蒼山《あおやま》 螢《けい》

発行者　岩野裕一
発行所　株式会社実業之日本社
〒107-0062　東京都港区南青山 5-4-30
emergence aoyama complex 2F
電話 [編集]03(6809)0473 [販売]03(6809)0495
ホームページ　https://www.j-n.co.jp/
ＤＴＰ　ラッシュ
印刷所　大日本印刷株式会社
製本所　大日本印刷株式会社

フォーマットデザイン　鈴木正道(Suzuki Design)

ISBN978-4-408-55720-5（第二文芸）